Si vous désirez être tenu au courant des publications des Editions Complexe, découpez ce bulletin et adressez-le à :

EDITIONS COMPLEXE
rue de Bosnie, 24
1060 Bruxelles
BELGIQUE

Nom ....

Prénom ....

Adresse ....

....

Profession ....

Âge ....

Livre duquel vous avez tiré ce bon : ....

....

souhaite recevoir les catalogues suivants :

☐ **Histoire**
☐ **Le Regard Littéraire**
☐ **Bulletin des nouveautés**

Suggestions :

....

....

....

....

Nom et adresse des personnes auxquelles vous nous suggérez de faire parvenir le catalogue **Histoire** ou le catalogue **Le Regard Littéraire** :

....

....

LA DANSE
DES GRAND-MÈRES

Sur la jeunesse de l'âge mûr
et la maturité de la jeunesse

DU MÊME AUTEUR

FEMMES QUI COURENT AVEC LES LOUPS. *Histoires et mythes de l'archétype de la Femme sauvage*, Grasset, 1996 ; LGF, 2001.

LE JARDINIER DE L'EDEN. *Conte de sagesse à propos de ce qui ne peut mourir*, Grasset, 1998 ; LGF, 2001.

LE DON DE L'HISTOIRE. *Conte de sagesse à propos de ce qui est suffisant*, Grasset, 1999.

CLARISSA PINKOLA ESTÉS

LA DANSE DES GRAND-MÈRES

Sur la jeunesse de l'âge mûr et la maturité de la jeunesse

Traduit de l'américain
par
MARIE-FRANCE GIROD

BERNARD GRASSET
PARIS

ISBN 978-2-246-72311-0

REMERCIEMENTS

Pour qu'un arbre continue à pousser et à fleurir, il faut des cellules spécialisées, les « cellules pont » ; ce sont des cellules puissantes qui, sur chaque branche, se rassemblent et protègent le site où se rencontrent le vieux bois vigoureux et le nouveau bois vulnérable, le site où le tendre bourgeon pointe sous la nouvelle écorce et va précautionneusement fleurir.

Les cellules pont jouent un rôle essentiel de lien entre ce qui est et ce qui sera. Une fois les plus récentes bractées des branches et des fleurs stabilisées, ces cellules pont spécialisées gagnent les emplacements suivants sur les branches où l'arbre va de nouveau fleurir.

Pour ceux qui sont ainsi restés tout près, contre vents et ondées, bravant neiges précoces et printemps tardifs... pour ces âmes pont fermes et résolues, chacune à sa façon intrépide... merci à Ned Leavitt, Paul Marsh, Carla Tanzi, Anna

Pastore, Gensialére Stollios, y mi familia, los todos de mi alma y mi sangre… espécialamente mi Tiaja y Chicito y Lucia y Nonsela.

Táncoló Nagymamák,
La danse des grand-mères

Être jeune dans la vieillesse
Et vieille dans la jeunesse

Per la signora Carla Tanzi

« *Nessun dorma!*
Nessun dorma!

Tu pure, o Principessa...
Guardi le stelle
Che tremano d'amore
E di speranza... »

Puccini, *Turandot*

L'amour sera le remède vital.
Tu seras son miracle.

C.P.E.

La petite maison dans la forêt

Ah, chère Ame courageuse...

Bienvenue...

Entre, entre donc...

Je t'attendais... oui, toi et ton esprit! Je suis heureuse que tu aies trouvé le chemin...

Viens, assieds-toi auprès de moi. Laissons un peu de côté « toutes ces choses qu'il nous reste à faire ». Nous aurons le temps plus tard. Le jour lointain où nous nous présenterons à la porte du paradis, je t'assure qu'on ne nous demandera pas si nous avons bien manié le balai. On nous interrogera sur la profondeur de l'existence que nous aurons choisi de vivre plutôt que sur le nombre de « broutilles essentielles » par lesquelles nous nous serons laissé déborder.

Donc, pour le moment, autorisons-nous

quelques calmes pensées avant de reparler du monde et de son tumulte... Installe-toi sur cette chaise. Elle me paraît convenir à ton corps précieux. Bien. Maintenant, prends une longue inspiration... Laisse tes épaules retomber, retrouver leur forme naturelle. N'est-ce pas agréable de respirer cet air pur, tout simplement ? Inspire encore. Voilà... Je t'attends... Tu vois ? Tu es plus calme, maintenant, plus présente.

J'ai allumé le feu juste pour nous ; il brûlera jusqu'au bout de la nuit, assez longtemps pour accompagner toutes les « histoires dans les histoires » à venir. Accorde-moi quelques instants, le temps de finir de nettoyer la table avec de la menthe fraîche. On va sortir le beau service et boire ce qui est réservé « aux grandes occasions ». Les « grandes occasions », ce sont en fait celles que l'âme préside. Tu as remarqué ? Cette tendance à trop vouloir « réserver », c'est la façon un peu grognon qu'a le moi de faire savoir que pour lui, l'âme ne mérite pas qu'on mette chaque jour les petits plats dans les grands. Eh bien si, elle le mérite.

Restons donc assises ensemble, *comadre* [1], rien que nous deux... et l'esprit qui se crée chaque fois que deux âmes, ou plus, se réunissent dans l'attention et le respect mutuels, chaque fois que deux femmes ou plus parlent « des sujets qui comptent vraiment ».

Ici, dans ce refuge à l'écart de tout, l'âme est autorisée... et encouragée à dire le fond de sa pensée. Ici, ton âme est en bonne compagnie. Ici, à la différence du monde extérieur, ton âme est en sécurité. Détends-toi, *comadre*, ton âme est en sécurité.

Si tu es venue me voir, c'est peut-être parce que tu souhaites vivre de manière à connaître le bonheur d'« être jeune dans la vieillesse et vieille dans la jeunesse », comme je le dis, c'est-à-dire à avoir en toi un bel ensemble de paradoxes maintenus dans un équilibre parfait. N'oublie pas que le terme *paradoxe* est à prendre au sens d'idée contraire au sens commun. Cela s'applique à la grand-mère, la *gran madre*, la plus grande des femmes, car elle est en train de devenir une femme sage, qui assure la cohésion des capacités de la psyché profonde, illogiques en apparence, mais fondamentalement empreintes de grandeur.

Ces *grands* attributs paradoxaux sont, globalement : posséder la sagesse tout en cherchant sans cesse à apprendre ; être à la fois spontanée *et* fiable ; follement créative *et* constante ; audacieuse *et* vigilante ; entretenir la tradition *et* posséder une authentique originalité. Tu verras, je l'espère, que tu possèdes dans une certaine mesure tous ces attributs, que ce soit en puissance, en partie ou intégralement.

Si tu es intéressée par ces contradictions divines, tu es intéressée par l'archétype mystérieux et fascinant de la femme sage, dont la grand-mère est l'une des représentations symboliques. L'archétype de la femme sage appartient aux femmes de tout âge et il se manifeste de manière unique, sous des formes particulières, dans la vie de chacune d'entre elles.

Parler de l'imago profonde de la grand(e) mère en tant que l'un des aspects majeurs de l'archétype de la femme sage n'est pas parler de l'âge chronologique ou d'une étape de la vie féminine. Une *grande* perspicacité, une *grande* prescience, une *grande* paix, une *grande* expansivité, une *grande* sensualité, une *grande* créativité, une *grande* acuité et une *grande* audace dans l'acquisition des connaissances, c'est-à-dire *ce qui fait la sagesse*, n'arrive pas d'un coup, à un certain âge, et ne vient pas se poser comme un manteau sur les épaules d'une femme.

Une *grande* clarté de l'esprit et de la perception, l'amour dans ce qu'il a de plus *grand*, une *grande* connaissance de soi, ample et profonde, la sagesse qui croît en finesse au fur et à mesure qu'on l'applique... tout cela constitue toujours « une œuvre en cours » quel que soit le nombre des années. Souvent, c'est à travers les accidents de la vie, envols de l'esprit, erreurs de parcours et nouveaux départs qui interviennent à mi-parcours, ou plus tôt, ou plus tard, que l'on construit la « grandeur », par rapport au simple « ordinaire ». Ce qui est récolté après la catastrophe ou la bonne fortune... l'esprit, le cœur, le mental et l'âme de la femme le forment, puis le mettent en pratique... jusqu'à ce qu'elle ne soit pas seulement compétente à sa manière paradoxalement sage... mais souvent aussi maîtresse de sa façon de vivre, de voir et d'exister.

Il y a dans les mythes et dans la réalité consensuelle de nombreuses sortes de vénérables grand(es) mères. Certes, devenir grand-mère au sens propre du terme, c'est comme tomber amoureuse, et la naissance de petits-enfants peut faire défaillir une aînée. Sans compter que le fait d'« avoir mis au monde une mère qui a enfanté » suscite une fierté, un rayonnement qui porte à la grandeur. Mais il existe *aussi* maintes autres façons d'accéder à l'imago de la grand(e) mère, et elles ne se limitent pas à la progéniture.

Dans la vie, certaines femmes sont les grand-mères de générations d'idées, de processus, de généalogies, de créations, de périodes de leur propre activité artistique... elles ne cessent de gagner en sagesse, une sagesse qui se dégage d'elles. Il existe des mentors, des merveilles de dévouement, des guides pour les étudiants et les débutants, les jeunes auteurs et les artistes en herbe ou en pleine maturité, car les femmes mûres ont également besoin de soins et de chaleur pour fleurir saison après saison...

Mais dans les mythes, il est évident que la grand(e) mère, en tant que représentation de l'archétype plus étendu de la femme sage, doit accomplir une tâche principale à la fois motivante, intimidante, audacieuse et joyeuse. Cette tâche se résume à ceci : vivre pleinement. Pas à moitié. Pas aux trois quarts. Pas en faisant bombance un jour et maigre pitance le lendemain. Non : vivre à fond chaque jour. Pas selon la mesure de quelqu'un d'autre. Selon sa mesure propre, reçue de la destinée et acceptée, et qui génère de la vie au lieu de la rendre morne. Cet élan vital a une raison d'être...

L'une de mes grand-mères, Viktoriá, avait un petit chien prognathe, que cette particularité faisait ressembler à un cerbère en miniature, mais qui était en réalité adorable. Elle avait aussi un petit chat noir qui avait l'habitude de se jeter sur les rosaires qu'elle suspendait à toutes les poignées de portes de la maison... « au cas où j'aurais besoin de prier en urgence pour quelqu'un », expliquait-elle. Elle parlait à ces deux compagnons comme à des êtres humains. « Les bêtes ont une âme, tu sais », disait-elle.

Lorsque le chien bondissait soudain, à la poursuite d'une nouvelle odeur, le chat se mettait à tourner comme un fou autour de la pièce. De même, quand le chat sautait du poste de radio en celluloïd sur le napperon posé sur le dossier du fauteuil de Grand-Mère, puis refaisait le chemin en sens inverse, le chien bondissait de joie. A ce moment-là, immanquablement, ma grand-mère décidait que nous devions nous joindre à la fête. Elle prenait mes petites mains et nous sautions en chœur au rythme de la danse du chien et du chat. « Quand une personne vit pleinement, les autres en font autant », déclarait-elle.

Elle voulait dire par là que lorsqu'une personne se consacre à être aussi vivante que possible, autour d'elle beaucoup « s'embrasent » à leur tour. Qu'importent les barrières, l'enfermement, voire les blessures : si l'on se *libère* pour vivre vraiment, les autres – enfants, âmes sœurs, amis, collègues, étrangers, bêtes et fleurs – suivent.

« Quand une personne vit pleinement, les autres en font autant. » Tel est l'impératif premier de la femme sage : vivre de telle manière que les autres aient l'occasion de faire de même. Vivre avec ce supplément d'âme qui va servir d'exemple.

Si les dix premières années de la vie sont comptées comme une décennie, alors je suis dans la septième décennie de ma vie sur terre... et je vois clairement aujourd'hui que « l'œuvre d'amour » de la grand(e) mère s'effectue aussi au niveau terrestre... c'est-à-dire l'impératif de profiter magnifiquement de l'existence, de se divertir de belle et bonne manière, d'aller au fond des choses... voire d'intervenir le cas échéant pour qu'elles tournent mieux ; de valider... c'est-à-dire de bénir ; d'enseigner... c'est-à-dire de montrer comment faire ; d'héberger... c'est-à-dire de parler de l'esprit et de l'âme et non pas seulement du corps et du mental. Et de veiller ainsi sur les personnes de tous les âges avec lesquelles on est en contact, même temporairement.

Ce qui me conduit à te proposer un thème de réflexion particulier... As-tu jamais eu un aperçu de ce qui compose *ton* soi au sens le plus « grand » du terme ? A cet égard, un phénomène inhabituel dans les leitmotive des contes de fées, ceux qui montrent comment une femme accède à la sagesse, s'avère particulièrement révélateur.

Si l'on étudie les motifs des contes et des mythes, en effet, on observe la configuration suivante : quand une jeune femme est en détresse, ce n'est pas toujours un prince que l'on voit arriver, mais souvent une vieille femme sage surgie de nulle part, qui répand sa poudre magique et brandit son bâton d'épine noire.

Que cette ancienne soit une vieille commère ou une magicienne africaine, qu'elle change de forme ou prenne celle d'une sensuelle femme mage, qu'elle soit vêtue d'herbes folles, d'une robe coucher-de-soleil, d'un manteau de nuit ou d'une tenue de combat... elle est celle qui sait et elle se manifeste soudain pour venir en aide à la jeune femme.

Elle apparaît à la fenêtre de la prison et donne de sages conseils sur la façon de s'enfuir. Elle remet en secret à l'héroïne un objet magique – anneau, miroir ou fiole emplie de larmes – qui va la protéger. Elle chuchote des mots mystérieux que l'héroïne doit méditer et interpréter pour trouver enfin son chemin. Les princes, c'est bien, ce peut même être formidable. Mais dans les mythes, c'est souvent la vieille femme qui détient les vraies richesses.

Il ne faudrait pas croire toutefois que la jeune et souvent naïve héroïne, malgré les malheurs et les difficultés qu'elle rencontre dans le conte, manque d'expérience. Comme les jeunes femmes dans la vraie vie, elle fait généralement preuve d'une étonnante sagesse. Néanmoins, elle craint parfois de suivre la voie que lui indique son âme. Et/ou elle est dans un processus d'apprentissage majeur qui, soit d'un seul coup, soit d'une manière progressive, est arrivé dans une impasse, comme lorsque, dans la mythologie grecque, quelqu'un est arrêté par un fleuve de l'oubli, tel le Léthé, ou un fleuve empoisonné, tel le Styx, et ne sait sur le moment comment les franchir afin de se retrouver *dans son intégrité* dans le Monde des Vivants.

Le conte que dans notre famille nous appelons simplement « Le Collier » parle d'une jeune fille mise à l'écart par tout son village parce qu'elle est différente. Etant donné l'extraordinaire héritage qui est le sien, elle devrait balayer d'un revers de main ces dénigrements et valoriser son être profond... en se voyant par les yeux de sa grand-mère. Mais tant qu'elle n'a pas rencontré une terrifiante vieille femme emplie de sagesse, elle se refuse à croire qu'elle est plus qu'une simple humaine.

Dans le mythe de Psyché et d'Eros, Psyché se

rend compte qu'elle se trompe lourdement en tentant de voir le véritable Amour plutôt que de lui faire confiance. Son délicieux amant, Eros, en est blessé et il disparaît. Elle doit alors entreprendre une descente aux enfers, où elle rencontre trois vieilles femmes, fileuses et tisserandes, qui lui parlent de la brièveté de l'existence et de la nécessité de s'attacher à ce qui a le plus d'importance. Dans les mythes et les contes, on rencontre souvent le thème de la jeune femme qui est éclairée sur le danger que court son âme alors qu'elle-même n'en est pas consciente.

Tant mieux pour nous : la source de sagesse fait généralement son apparition quand c'est nécessaire, et pas seulement dans la mythologie. Dans la réalité, il y a de fortes chances de découvrir aussi près de soi une magnifique aînée, gouailleuse, délicieusement excentrique, un brin ronchon, mise avec élégance et/ou avec extravagance. Réfléchis bien. Ne connais-tu pas au moins l'une de ces âmes vénérables en tous points semblables à ces vieilles sages des contes... une femme qui a souvent le don de voir loin, de s'adresser aux défunts, d'utiliser des méthodes magiques en apparence et qui, indubitablement, sait donner de sages conseils ? Dans le cas contraire, réfléchis encore, car c'est peut-être toi qui es en train de devenir cette femme-là. Toi en personne !

Dans les contes, le duo de la jeune et de l'aïeule s'accorde mutuellement les bénédictions nécessaires pour pouvoir avancer, agir à bon escient, faire preuve d'audace et de courage, et vivre une vie nourricière pour l'âme.

Pourquoi les attributs de la femme sage sont-ils si importants pour la jeune femme, et pourquoi la sagesse et l'énergie de la jeune femme ont-elles tant d'importance pour l'ancienne ? C'est qu'ensemble elles symbolisent deux aspects essentiels que l'on trouve dans la psyché de chacune, car l'âme d'une femme a un âge immémorial et son esprit une éternelle jeunesse, les deux formant ce que j'appelle « être jeune dans la vieillesse et vieille dans la jeunesse ».

N'as-tu jamais eu l'impression, quel que soit ton âge, d'avoir à peine seize ans ? Ça, c'est ton esprit. L'esprit est jeune à jamais, et même si la sagesse et l'expérience le font mûrir, il est toujours empreint de l'exubérance, de la curiosité et de la créativité débridée de la jeunesse.

N'as-tu jamais eu l'impression de dire ou de faire quelque chose de plus avisé, de plus intelligent que tu n'en as *en apparence* l'habitude ? C'est l'une des preuves de l'existence de ton âme, cette force ancienne qui, à l'intérieur de ta psyché, « sait » et agit en conséquence.

Dans une psyché équilibrée, les deux forces que sont le jeune esprit et la vieille âme sage s'unissent dans une étreinte qui met chacun d'eux en valeur. La psyché est construite pour œuvrer au mieux et affronter les dragons, s'échapper de tours, rencontrer le monstre face à face, rompre des enchantements, rayonner, se rappeler ce qu'elle est... lorsqu'elle est guidée par ce duo dynamique.

Et que doit faire une femme lorsqu'elle a perdu le contact avec l'un ou l'autre élément de cette nature duelle interne, que ce soit l'esprit éternellement jeune ou la vieille conseillère, c'est-à-dire les aspects mêmes qui font d'elle une grande âme, une grand(e) mère, une grande petite-fille ?

Elle doit recevoir « la bénédiction » qui enjoint de vivre vraiment... Parfois nous attendons toute notre vie cette bénédiction, celle qui va ouvrir en grand les portes : « Vas-y, sois la force que tu devais être. Vis dans la plénitude et va au bout de toi-même. »

Une bénédiction ne va pas te faire *obtenir* quelque chose, mais te faire *utiliser* quelque chose – quelque chose que tu as déjà – le génie qui a vu le jour avec toi. Une bénédiction te permet de retrouver ton intégrité et de mettre à profit la grandeur née dans ton soi unique et précieux, ton soi sauvage.

Si tu es dans l'attente d'une telle bénédiction, n'attends plus, s'il te plaît. Celles que je peux placer sur ta tête se fondent sur une vision claire des attributs innés et éternels de ton âme. Et qui donc peut prétendre les voir ? Ici, échangeons un sourire, car si tu peux poser la question, tu connais déjà la réponse. Garde bien ceci en tête : « Il ne faut jamais sous-estimer l'audace spirituelle d'une "dangereuse" [2] vieille femme. »

Tu te souviens qu'au début nous avons dit que l'âme allait pouvoir s'exprimer librement ? Donc, que tu sois fille ou aïeule, âme ou esprit, en couple ou seule, jeune ou vieille, mise à l'épreuve ou ayant fait ses preuves, étant donné que tu es au coin de mon feu, incline la tête, ma chère enfant, et permets-moi d'y placer cette ardente et douce bénédiction pour la suite de cette soirée d' « histoires dans les histoires » et pour t'accompagner ensuite sur ta route.

Sache que tu es bénie, nonobstant les hésitations, les descentes, les occasions manquées, les certitudes envolées, les fulgurances évanouies et les mystifications, car c'est elles qui te font aller de l'avant...

Soit. Résistons donc aux affirmations mensongères de la collectivité qui essaient de rendre l'âme aveugle et sourde. C'est ainsi que la femme sage jette un œil du fond des bois.

Détourne-toi de ceux qui ricanent sans entendre cet appel à la vie de l'âme. C'est ainsi que la femme sage va son chemin.

Si nécessaire, deviens l'une de ces joyeuses subversives qui ne cessent de croître et font preuve d'un courage paisible et lumineux. C'est ainsi que l'esprit parvient à la surface du lac.

Refusons d'être ballottées et rejetées sur un quelconque rivage, et prévoyons d'échapper à la banalité morbide et à ce qui est chroniquement brutal et sans intérêt. C'est ainsi que l'esprit se dresse et rayonne.

Lançons-nous dans des aventures connues et inconnues. Ainsi, ce qu'il y a de plus grand chez la vieille femme sage et ce qu'il y a de plus grand chez la jeune femme seront réunis.

Alors, que tu sois jeune mais déjà riche d'expérience, ou bien d'un certain âge et en train de gagner tes galons, ou encore une femme que le poids des ans n'empêche pas d'entretenir une flambée ou un feu discret, alors oui, malgré les retours en arrière et les moments de découragement...

Souviens-toi de te tenir aux côtés de l'âme, si c'est la force et la vision que tu désires...

... et de te tenir aux côtés de l'esprit si c'est d'énergie et de résolution que tu as besoin pour agir à ton profit et au bénéfice du monde...

... et si c'est la sagesse que tu veux, marie l'esprit à l'âme, c'est-à-dire marie l'action à la passion, l'audace à la sagesse, l'énergie à la profondeur... et invite tous les aspects de la psyché au *hieros gamos*, ce mariage sacré [3].

... Ainsi, ma chère fille, puisses-tu être âme et esprit,

... Puisses-tu choisir ce qui va élargir et non rétrécir ton cœur, ton mental et ton existence,

... Puisses-tu choisir ce qui va approfondir et non étouffer ton cœur, ton mental et ton existence,

... Puisses-tu choisir ce qui va te faire avancer en dansant et non plus en traînant la jambe ou en somnolant.

L'âme et l'esprit ont un bon instinct. Sers-t'en.

L'âme et l'esprit ont de merveilleux dons du cœur. Révèle-les.

L'âme et l'esprit ont la capacité de voir loin, de souquer ferme et de cicatriser relativement bien. Sers-t'en.

Dans la forêt qui est en toi, une femme grande entre toutes t'attend depuis toujours devant le plus grand des feux. Même si tu dois suivre le chemin obscur du diamant remontant des entrailles de la terre ou traverser le désert qui te met à nu mais étanche ta soif avec son eau secrète, même si tu dois te dévêtir au bord de la rivière pour que des mains invisibles te soulèvent au-dessus des rapides... oui, malgré les épreuves que tu peux rencontrer... la femme grande entre toutes t'attend, l'esprit à l'œuvre, et elle envoie patiemment ses messages le long des racines de ta psyché. C'est sa tâche la plus grande. Et la tienne est de la trouver et de ne plus jamais t'en séparer.

On dit parfois qu'une bénédiction, ce n'est que des mots. Pourtant, ma chère fille, étant donné l'espoir, la capacité d'amour, l'ardent désir d'âme et d'esprit, la charge créative, le goût de vivre pleinement qui sont les tiens, cette bénédiction est beaucoup plus que « des mots ». Cette bénédiction est une prophétie.

« *Quand une personne vit pleinement, les autres en font autant.* »

Táncoló Nagymamák,
La danse des grand-mères

La sagesse de la vie nouvelle
« Las abuelitas :
les petites grand-mères »

« Ecoute, ma chérie,

Ne sous-estime pas l'endurance de la vieille femme sage. Même déchirée et maltraitée, elle possède un autre soi sous celui qui est assiégé, un soi primaire, rayonnant et incorruptible, un soi lumineux à jamais entier. La vieille femme sage cache certainement des ailes de grande envergure sous son manteau et une forêt pliée dans sa grande poche. Elle a sous son lit des pantoufles dorées de Sept Lieues et derrière ses lunettes, elle voit tout. Le petit tapis posé devant la cheminée ne peut être qu'un tapis volant. Son châle, quand elle le déploie, doit pouvoir faire venir les chiens de l'enfer ou créer une voûte céleste constellée d'étoiles. Elle caquette tout en traversant le ciel dans la demi-coquille de son propre cœur brisé. Ses plumes se soulèvent, car elle apprend l'amour tous les jours. Le souffle de tout ce qui chante l'attire. Elle cherche à protéger l'âme de toute chose. Les oiseaux lui racontent les nouvelles secrètes dans leur chant. Ainsi a-t-elle le regard magique qui voit ce qui se trouve derrière le présent et au-delà. Comme son alter ego humain, elle vit probablement près d'une rivière chère à son cœur... à moins qu'elle n'en soit une elle-même... »

La femme qui sait
Ses attributs : la capacité de défier le sort et d'apprendre aux autres à en faire autant

Les arbres-filles

Chaque arbre possède sous la terre une version première de lui-même. L'arbre vénérable abrite un « arbre caché » souterrain, constitué par un réseau de racines vitales qui s'abreuvent en permanence à des eaux invisibles. A partir de ces racines, l'âme cachée de l'arbre fait monter l'énergie afin que sa vraie nature, sage et audacieuse, puisse s'épanouir au-dessus du sol.

Il en va de même avec l'existence d'une femme. Malingre ou flamboyante, quel que soit l'état dans lequel elle se trouve en surface... il y a en dessous d'elle une « femme cachée » qui entretient l'étincelle d'or, cette énergie éblouissante, cette source d'âme qui ne se tarit jamais. La « femme cachée » tente toujours de faire remonter cette force vitale... à travers le sol aveugle pour nourrir sa partie haute et le monde à sa portée. Ses périodes d'expansion et de réinvention dépendent de ce cycle.

Avez-vous jamais aimé d'amour un arbre ? Si vous

avez aimé un arbre ou une forêt, vous savez que certains arbres, même dans les pires circonstances, surprennent tout le monde et sont là pour témoigner de leur retour à la vie. L'étincelle d'or, une fois encore.

Dans les forêts du Nord où j'ai grandi, il y avait beaucoup d'arbres d'une semblable robustesse. Pourtant, à cette époque, les grands arbres étaient sans cesse mis en péril par des plans de « développement » rapides, comme il en va souvent dans la vie des femmes. Au lieu de considérer la terre comme un corps vivant et de construire en suivant ses courbes et ses contours, on lui imposait des programmes immobiliers qui l'obligeaient à se conformer aux idées des autres.

Ainsi, de nombreuses terres agricoles fertiles disparaissaient sous des maisons identiques, tant et si bien que les collines et les corniches, recouvertes de ces cubes, finissaient par paraître hérissées d'écailles comme l'échine d'un dragon. Les plages étaient bétonnées et les chemins verdoyants asphaltés jusqu'à ce qu'il ne reste plus le moindre carré d'herbe. Dans cet environnement, les arbres, jeunes et vieux, étaient chaque jour menacés par la pollution, les empiétements, les modifications de la nappe phréatique et donc par le déséquilibre des nutriments essentiels qu'ils trouvaient dans le sol.

J'ai connu l'un de ces arbres, un peuplier. C'était une

arrière-grand-mère séculaire qui avait survécu aux intempéries et aux attaques d'insectes. Elle était ce que nous appelions un arbre « tempête de neige en été », car le souffle chaud du Chinook emportait ses graines pourvues de poils blancs, créant un blizzard cotonneux. On aurait tort de croire qu'elle était fragile parce qu'elle lâchait ainsi ses graines vêtues de jupes arachnéennes. Au contraire. C'était une guerrière.

Mais un jour, après avoir fait maintes fois ses preuves dans des combats qu'elle dut affronter sans les avoir cherchés, et être restée droite et fière dans l'adversité, un jour, donc, elle fut « découverte » par un groupe de gens munis de scies et de haches. Alors, après plusieurs semaines épouvantables, car sa circonférence était impressionnante et sa force et son cœur étaient profonds, elle fut abattue sans autre forme de procès.

On l'emporta dans un gros camion crachant une fumée noire. Une fois dans la scierie au toit de tôle rouillée, on la débita, comme on dit dans le métier, en pièces de bois pour caisses et palettes. Et comme souvent dans la vie d'une femme, on pensa que c'en était fait d'elle et qu'elle ne se relèverait pas. Et certains, qui avaient autre chose en tête, auraient même pu dire : « Bon débarras ! » C'était sans compter avec la femme cachée qui, en dessous, entretenait l'étincelle d'or.

Imaginez une brique, une vraie brique. Maintenant, imaginez un grand peuplier en vie sous une écorce qui a pris la forme de milliers de briques rudimentaires ondulant tout au long de son tronc. Eh bien, c'est le spectacle stupéfiant que donnait l'écorce profondément entaillée de ce peuplier. Les hommes installés dans l'enchevêtrement de fils et de tuyaux de la station d'essence racontèrent que l'épaisseur de l'écorce repoussa les premiers assauts des haches, qui rebondirent et firent fuir les bûcherons sur la route. D'après eux, il fallut sept jours de labeur juste pour ôter l'écorce du tronc. On ne vient pas facilement à bout de la dure carapace d'un esprit majestueux.

La vie d'un arbre, comme l'existence d'une femme, ne devaient pas, ne doivent pas être ainsi découpées à la hache pour faire place à une chose d'une valeur douteuse. Il existe d'autres façons *de vivre et de laisser vivre*; se mélanger, s'épanouir en une intense floraison.

Ma famille est venue d'un vieux pays où, traditionnellement, on séparait les arbres destinés à l'abattage de ceux de la forêt. Les arbres étaient plantés par lots : les uns pour être vendus, les autres conservés pour leur bois. Mais les gigantesques arbres de la Nature étaient à part... ceux qui poussaient dans la forêt ne devaient pas être abattus, car les grands arbres étaient les vrais gardiens *spirituels* du village.

Ils protégeaient celui-ci des ardeurs du soleil estival. Ils faisaient obstacle au vent pendant les tempêtes. Ils retenaient les congères contre leurs troncs, évitant ainsi à la neige d'ensevelir les fermes et de mettre en danger la vie de leurs habitants. Ils empêchaient les poussières de s'introduire dans les gouttières et sous les portes, en retenant dans leurs branches feuillues la terre que le vent avait arrachée aux champs et qu'il faisait voler. Les vieux arbres offraient la tranquillité de l'esprit et la joie du cœur à tous ceux qui les voyaient ou s'appuyaient contre leur tronc. Ainsi, au même titre que les anciens du village, les vieux arbres n'étaient jamais coupés ni laissés à l'abandon.

Selon cette ancienne tradition paysanne, si le peuplier dont nous parlons était mort de mort naturelle, « quand son temps serait venu », cette belle plante aurait été abattue, à moins qu'elle ne soit tombée d'elle-même. Mais on aurait taillé dans son corps une poutre de faîte ainsi que de nombreux étrésillons et coyaux. De la sorte, elle aurait permis l'édification d'une maison.

Cette maison serait bâtie « dans le champ de vision » des racines de la plante, de sorte que chacun puisse dire : « Vous voyez, à la fin de sa vie, elle a été abattue avec la délicatesse nécessaire, puis elle a pris une autre forme, belle et bonne. Notre affection réciproque dure. Elle vit toujours avec nous. »

Si ce grand peuplier avait vécu dans le vieux pays et non dans la confusion du monde moderne, qui oblige parfois l'être humain à privilégier l'efficacité à court terme au lieu de prévoir à long terme la préservation des dons de la nature, ces vieux Souabes auraient taillé des jattes dans ses nœuds en respectant son grain. Dans ces jattes, ils auraient mis du lait de jument et du pain noir. Le peintre du village aurait reproduit l'image du vieux peuplier sur le mur blanchi à la chaux du porche pour montrer que les racines de la maison et celles du grand arbre étaient maintenant réunies sous terre et en surface.

Mais cela, c'était autrefois. Ce qui est arrivé au vieux peuplier a eu lieu de nos jours, à une époque où certains oublient que la Nature n'est pas une étrangère, mais un membre de la famille. Une fois l'arbre abattu, sa mort a suscité des sentiments mélangés : certains ne se sont pas sentis concernés, d'autres, beaucoup plus nombreux, ont été furieux. Mais la majorité ont été atterrés par la destruction d'une créature aussi majestueuse, qui, dans sa maturité, fournissait l'essentiel à l'être humain qui la sollicitait. Cette grand-mère végétale donnait de l'ombre pour s'y reposer; la nuit, elle laissait passer la lumière des étoiles à travers son feuillage; on pouvait s'appuyer sur son cœur; elle offrait le réconfort du bruissement apaisant du vent dans le bavardage de ses feuilles, un lieu où les amants pouvaient s'attarder, un tronc contre lequel verser des larmes, une canopée sous laquelle les âmes sœurs pouvaient se parler sans être dérangées.

A l'endroit où elle avait autrefois touché le ciel, il y avait désormais un espace mystérieux, une ouverture obscure sur le néant. Les fougères et les buissons envahissants qui poussaient près du sol ne pouvaient en aucun cas remplir le vide laissé par cette tour de verdure. Et pourtant, la femme cachée sous terre entretenait l'étincelle d'or. Et pourtant...

Au cours de cette année-là, il se passa quelque chose du côté de cette magnifique souche de peuplier, dont le diamètre dépassait un mètre quatre-vingts. Elle formait un plateau aux reflets argentés, assez grand pour que quatre femmes aux hanches larges s'y assoient à leur aise côte à côte. Le temps passa.

Et passa encore.

Puis ce que j'appelle un « lent miracle » débuta. Sur la souche, à l'emplacement où s'élevait l'arbre quand il était en vie, douze plants se mirent à pousser. A pousser droit et dru. Dansant en rond sur la souche. Le long des bords. Douze arbres qui dansaient.

Ces douze arbres qui se développaient sur le corps de l'ancienne étaient à n'en pas douter ses filles. Dans les mythes, on appelle parfois « arbre au cercle des fées » ce genre d'« arbre à rejetons », des esprits nés de ce qui est mort en apparence... et qui dansent et dansent dans la joie d'une vie nouvelle. Ils n'ont pas été plantés. Ce sont des évocations. Ils sont tous issus de la même étincelle d'or. Dans la mythologie grecque, c'est Déméter, la Terre-Mère, qui dépérit à la disparition de sa fille et revient à la vie quand celle-ci lui est restituée. Il en va ainsi avec cet arbre magnifique : les arbres-filles sont issus de la racine-mère la plus ancienne. Ils font tout revenir à la vie. Et pas à une vie rangée. Une vie qui danse.

On rencontre ces rejetons dans la nature, parce que la vie nouvelle est conservée dans la racine, même quand la grande masse qui pousse au-dessus du sol a été abattue et emportée, même quand elle n'a pas été approchée ou engendrée correctement, même quand tout autour on ne rencontre qu'apathie et haussements d'épaules. Même quand la carapace a été brisée et détruite. Imaginez : à partir de cet espace vide, revenir avec une nouvelle jeunesse non pas une, mais multiple. Sans se préoccuper du reste, la femme cachée sous la terre entretient l'étincelle d'or.

Maintenant, sous le souffle des vents audacieux, les feuilles de ces jeunes et jolies pousses s'agitent et parlent sans cesse en un millier de verts miroitements. Si ce n'est pas un miracle, c'est que nous ne connaissons rien aux véritables *milagros*. Qui peut dire en effet qu'une chose aimée est vraiment morte après avoir été taillée en pièces ? En ce qui concerne une femme abattue, qui peut mesurer la vie qui va par la suite jaillir de ses entailles, de ses blessures, de l'électricité montant de son cœur secret, cette étincelle d'or ? Qu'importe la profondeur des coupures, la racine rayonnante qui est en elle continue à vivre et à donner et elle ne cessera jamais de puiser sous terre de la vie riche de sens.

Intuitivement, dans sa psyché, une femme comprend qu'être en bonne santé, c'est avoir une santé « florissante ». Lorsqu'elle est blessée, il y a dans son esprit et dans son âme un filament vibrant et vivifiant qui, envers et contre tout, pousse en direction de la vie nouvelle – soit vers de nouvelles forces de toute sorte, soit vers la reconstitution de l'intégrité perdue, ou la constitution d'une intégrité inconnue jusqu'alors. Cette force intérieure est mue par le désir de bien-être. Elle croit à un élément salvateur capable de lutter contre le mal. Le système racinaire caché se développe en dépit des événements, pressions et projections extérieurs. Il continue à être littéralement en effervescence, à monter à gros bouillons, et, quel que soit l'obstacle qu'il rencontre, à passer au travers, à déborder, à s'écouler vers le dehors. Y compris si cet obstacle est constitué par des forces extérieures. Ou par la femme elle-même.

Même quand l'action du moi est momentanément contrariée, la femme cachée sous la terre, la gardienne du feu, maintient une attitude envers la vie – un surcroît de vie – qui pousse sans cesse vers le haut et réclame plus de vitalité et d'épanouissement, plus d'égards et d'affirmation de soi... et un peu plus encore, et encore, jusqu'à ce que l'arbre de vie ait atteint au-dessus du sol la taille de son vaste réseau de racines souterraines.

Quand nous parlons de créer de l'âme, c'est-à-dire de nous donner littéralement l'ordre de générer un système racinaire de plus en plus étendu, un territoire de l'âme conquis et entièrement occupé de plus en plus vaste, nous vivons à la manière d'un arbre gigantesque... il ne se contente pas de faire monter l'énergie. Il la fait redescendre au fur et à mesure qu'il pousse en surface, en lui confiant la tâche de développer le système racinaire, la quête d'un supplément de nutriments, et l'adapatation aux conditions climatiques... tout cela pour soutenir la canopée de plus en plus fournie dans les hauteurs.

Cela se passe à peu près de la même manière dans la vie d'une femme. Toutes celles qui ont noté leurs rêves et la façon dont ils animent et influencent leurs journées et, réciproquement, la façon dont leur vie quotidienne influe sur leurs rêves, savent qu'il existe une relation complémentaire entre leur vie intérieure et leurs activités extérieures. Quand cet échange fonctionne bien, il y a apport mutuel de nourriture et de sagesse. Le fondement inextinguible que chacune possède en elle fait monter la « force vitale » jusqu'à son cœur, son âme et son esprit. Si elle y prête attention, si elle écoute, elle « aura des idées »; en d'autres termes, elle donnera naissance à des « filles » sous la forme d'idées nouvelles et vibrantes pour vivre avec plus d'amplitude une vie plus riche de sens.

Au fur et à mesure que la femme croît au-dessus du sol dans la réalité consensuelle, elle commande à ses racines de s'étendre, de sorte que sa vision profondément sensible, sa capacité d'écoute accrue et sa pensée intuitive augmentent d'autant. C'est un double processus éternel et sacré, qu'elle déclenche en prêtant consciemment attention à la manière dont la psyché va passer de l'état d'adolescence à une sagesse mûrie, vibrante et dansante.

On peut avancer que ce cycle d'accumulation de l'énergie a son site dans l'inconscient psychoïde, décrit par Jung comme le lieu de la psyché où la biologie et la psychologie s'influenceraient mutuellement. Mais à dire vrai, nous n'avons pas éclairci le mystère des origines de cette force en perpétuel surgissement qui tend non seulement vers une existence plus remplie, mais vers une vie en expansion, une vie dans laquelle les arbres-filles poussent à partir de la vieille et sage racine-mère.

Sans doute savons-nous où et quand tout cela a lieu, mais nous ne pouvons pas vraiment l'affirmer. Pour expliquer la force vitale d'une femme, la poésie est nécessaire ; tout comme sont nécessaires la danse, la peinture, la sculpture, le tissage, la poterie, le théâtre, la parure, l'invention, l'écriture passionnée, l'étude des livres et de ses propres rêves, les échanges verbaux avec des personnes sages, une perception, une pensée, des sensations attentives... des réalisations et des apports en tous genres... car les mots ordinaires ne suffisent pas à exprimer certains éléments mystiques, mais les sciences, la contemplation de ce qui est invisible mais palpable, et les arts y parviennent.

Pourtant, dans les orages comme dans les moments

de satisfaction, la femme cachée continue à veiller sur la magnifique force vitale et elle se démène pour faire savoir qu'au moment même où nous sommes détruites, la reconstruction a commencé. Ainsi, cette force intérieure agit comme une grande mère, la plus grande des grand-mères, l'essence de la santé et de la sagesse de l'âme qui nous guide toujours et ne nous quittera jamais.

Nous faisons l'expérience de cette source mystérieuse par l'intermédiaire des connaissances précises et précieuses, d'une origine indiscernable, qui se présentent inopinément dans les rêves nocturnes clairs ou complexes, dans l'irruption d'idées et d'énergies apparemment surgies de nulle part, dans la certitude soudaine que notre affection, notre opinion, ou notre contact physique est réclamé quelque part, dans la détermination imprévue d'intervenir, ou de nous détourner, ou d'aller vers. Comme la vieille femme sage qui apparaît dans les contes, la source protectrice de l'étincelle d'or, se manifeste par l'intermédiaire d'exhortations intérieures à agir dans la discrétion ou au contraire de manière éclatante, d'une impulsion judicieuse à créer de nouveau, à chérir plus fort, à réparer plus complètement, à répandre plus largement, à protéger une vie nouvelle.

On peut constater cette manifestation intemporelle

également chez les femmes de chair ; celles qui cherchent toujours à faire le choix de ce qui a du sens au détriment de l'union avec ce qui est périssable ; celles qui ont hâte de s'épanouir et développent avec une certaine conviction les ovaires qui vont leur permettre de fleurir pleinement et souvent ; celles qui se donnent du mal pour s'appartenir sans se couper du monde ; celles qui se battent pour devenir des réserves de graines et, au propre comme au figuré, voyagent loin de chez elles car elles ont besoin d'espace pour les semer.

On sent la force et la présence de la plus grande des femmes, la vieille femme sage, la grande mère, la plus grande des mères, chez celles qui sont plus ou moins dangereuses, en ceci qu'elles repèrent les idées et les existences dénuées d'âme, et qu'elles ont l'intention de les mettre en péril. On trouve toujours la preuve de l'existence, au niveau des racines, de cette source mystérieuse et sage chez les femmes qui apprennent et veulent apprendre toujours plus, développent leur vision intérieure, écoutent leur intuition, ne se laissent jamais arrêter ni bâillonner, et qui, face à une perspective prometteuse ou enrichissante, mais intimidante au premier abord, ne vont pas dire : « Je n'y arriverai jamais », mais se demanderont au contraire : « Quelle énergie dois-je rassembler pour *pouvoir* y arriver ? »

Qu'importe le lieu où nous vivons et en quel état, qu'importe notre mode de vie... nous pouvons toujours compter sur cette alliée suprême, car même si notre structure extérieure est insultée, attaquée, terrorisée, voire pulvérisée, personne ne peut éteindre l'étincelle d'or ni tuer sa gardienne souterraine.

Las abuelitas : *les petites grand-mères.*
La vieille femme mythique. En quoi est-elle dangereuse ? En quoi est-elle sage ?
On la découpe. Elle repousse. Elle meurt.
Elle repousse. Elle enseigne aux jeunes à faire comme elle. Ajoutez l'audace.
Ajoutez la danse.

L'*abuelita*, la grand-mère : il en existe de toute sorte dans les mythes et dans les contes. Il y a celles qui tentent de pomper l'énergie vitale de leurs proches, comme on le voit dans certains récits d'Europe de l'Est où les vampires se tournent d'abord vers les membres de leur propre famille – leurs enfants et les enfants de leurs enfants – pour trouver leur subsistance et compenser leurs facultés déclinantes, le vide qui les habite et leurs mauvais choix.

Il y a les grand-mères fofolles aux cheveux verts, aux cils turquoise et aux souliers multicolores, qui vont par monts et par vaux en faisant prendre conscience de leur beauté aux petites filles. Il y a les « grand-mères à tablier », qui savent tout sur l'abondance et la famine et portent de quoi nourrir l'âme et le corps. Il y a les grand-mères couture et les grand-mères artistes qui laissent des paillettes dans leur sillage et poussent les autres à créer à volonté. Il y a d'innombrables espèces de grand-mères et chacune est unique et échappe à toute catégorie. Beaucoup correspondent tout à la fois aux différentes descriptions ci-dessus, et plus encore. Chaque qualité qu'une femme possède à vingt ans, l'intelligence, le charme, la franchise, la sensualité, le supplément d'âme, si elle est développée avec art, va vraisemblablement être doublée, voire triplée lorsque cette femme deviendra authentiquement dans son âme et dans sa psyché une grand(e) mère [4].

Une figure à laquelle je suis particulièrement attachée est une sorte de « Grand-Mère neige » que l'on rencontre dans les mythes anciens du Nouveau-Mexique. Cette personnification d'une grand-mère mythique est vêtue de congères et dotée d'une petite moustache de glaçons et d'une éblouissante chevelure de neige hérissée. Elle vit parmi les bêtes et, d'après les histoires que l'on m'a racontées, elle soulage les gens qui souffrent en les refroidissant. Elle n'est pas l'esprit de la mort, mais plutôt une force qui anesthésie momentanément, une aide miséricordieuse qui offre un répit vis-à-vis de la douleur.

Une fois, j'ai cru la voir en personne. C'était dans le minuscule hôpital d'une bourgade du Nouveau-Mexique où j'ai travaillé quelque temps. Il y avait là *una vieja*, une très vieille femme, qui souffrait d'une forte fièvre contre laquelle les médecins s'avéraient impuissants, malgré leur traitement fondé principalement sur le repos et l'hydratation. La vieille Ana, néanmoins, était une dure-à-cuire. Elle me décrivait sa maladie comme un « mal de chaleur » entraîné par un accès de *bilis*, de colère, provoqué en l'occurrence par une petite dispute avec un voisin quelque temps auparavant.

La vieille Ana demandait avec insistance aux médecins de la transporter dans son fauteuil roulant à l'extérieur, sous la neige, disant qu'elle voulait ouvrir son peignoir et montrer ses seins au ciel. Eux pensaient qu'elle avait perdu l'esprit ou qu'elle voulait se suicider en s'exposant au froid. Tout le personnel reçut des instructions pour la surveiller de près.

Voyez-vous, dans ce genre de circonstances, on ne sait si l'on mérite un blâme ou des félicitations, mais il y a des moments où les souhaits d'une vieille femme doivent être exaucés, sinon... La plupart du temps, on ignore ce que recouvre exactement ce « sinon ». Tout ce que l'on sait, c'est que si l'on ne le fait pas sur le moment, on le regrettera plus tard.

Quand la vieille Ana, les joues rendues écarlates par la fièvre, m'intima de la faire sortir dans le froid, je n'hésitai pas plus d'une minute avant de l'enrouler dans des couvertures empruntées à deux lits et de la porter à moitié jusqu'à son fauteuil roulant gris métallisé, qu'elle appelait son « fauteuil volant », puis de le pousser en catimini jusqu'à la sortie de secours. Sous ses couvertures, son petit corps nu n'était protégé que par un peignoir de coton bleu pâle délavé, avec des grille-pain et des tasses de café imprimés dessus.

Tandis que nous arrivions sous la voûte étoilée, dans l'ombre des monts Sangre de Cristo, la vieille Ana, exultante, poussait des petits cris de joie. Pour ma part, je me concentrais sur les poignées de métal de son « fauteuil volant ». En quelques instants, ils étaient devenus si glacés que les cinq mille os de mes mains brûlaient atrocement et semblaient sur le point de se rompre. Voilà, me dis-je, on va mourir là toutes les deux. Je voyais déjà les gros titres du journal local : *Double suicide : le village est sous le choc.*

Mais la vieille Ana semblait insensible au froid. Elle me demanda de l'aider à se lever. Ou plutôt, elle me l'ordonna. « *¡ M'hija, arriba!* Debout, ma fille! » C'est ainsi que dans la neige de l'hiver, seule avec moi sous le regard de Dieu, pieds nus dans ses chaussures éculées, la tête couverte d'un foulard noué, Ana abandonna son gros chapelet noir sur le siège du fauteuil et se dressa avec difficulté, comme une machine dangereusement prête à s'effondrer sous le poids d'une charge trop lourde.

Elle finit par se mettre debout et resta à vaciller sur ses pieds. « Bon, me dis-je, j'attends quelques secondes et je l'emmitoufle à nouveau dans son fauteuil, puis on file à l'intérieur réchauffer ses précieux vieux os. »

Je tendis le bras vers elle pour l'aider à s'asseoir, mais avec une force décuplée, elle tournoya – oui, « tournoya » est le mot juste – et, soudain plus jeune de quatre-vingts ans, elle poussa un long « Aaaaah » à glacer le sang, ouvrit son peignoir, le laissa tomber dans la neige avec les couvertures, et apparut dans le plus simple appareil.

C'était un moment à couper le souffle à plus d'un titre, car j'ai constaté alors que les seins d'une vieille femme pouvaient, je le jure, offrir un spectacle d'une grande beauté.

Nous restâmes là, dans le vent glacial. Mon visage et mes mains s'étaient réchauffés, ou alors le froid les avait rendus insensibles. La vieille Ana prenait de profondes inspirations, retenait son souffle, puis expirait avec force. Finalement, quand elle aperçut une étoile filante comme il y en a sans arrêt dans le ciel du Nouveau-Mexique, elle pépia : « *Todo finito*, c'est fini, ramène-moi à l'intérieur, *m'hija*. »

Je rassemblai les pans mouillés de son peignoir autour de son corps nu et glacé, la réinstallai doucement dans le fauteuil, jetai les couvertures humides sur mon épaule comme si je m'apprêtais à aller travailler à la mine, puis, après avoir lancé des regards circulaires à la ronde, poussai le fauteuil à toute allure en faisant voler la neige autour des roues, jusqu'à ce que nous ayons regagné l'intérieur surchauffé du bâtiment bas en adobe.

J'étais jeune et inexpérimentée, et même si au fond de mon cœur je pensais le contraire, je me disais que j'étais folle d'être ainsi sa complice. Certainement, j'allais retrouver dans quelques heures cette exquise personne raide morte dans sa chambre, victime d'une pneumonie. Gelée, prise dans un bloc de glace comme un personnage de dessin animé.

Mais il ne se passa rien de ce genre. Elle ne succomba pas. Bien au contraire, elle se sentit tellement mieux au bout d'une heure qu'elle ameuta tout le personnel en réclamant à grands cris une tasse d'un breuvage particulier, « du thé Qui Tonne, pour réveiller mes ardeurs ! ». Elle voulait évidemment parler de thé Lipton.

La vieille Ana connaissait parfaitement le corps unique qui était le sien. Elle savait faire tomber la fièvre avec des moyens dont personne n'avait idée. Comme beaucoup de grand-mères, elle possédait des connaissances que nul ne pouvait contester, sauf à être complètement insensé, car le mépris d'une vieille femme peut marquer au fer rouge le passé comme l'avenir d'une personne.

Certaines des idées qui sont propres aux grand-mères n'ont pas d'explication. Simplement, elles « savent des choses ». Comme aimait à le répéter l'une des miennes : « ... pour qui possède ce savoir mystérieux, pas besoin de preuves. Pour qui ne l'a pas, aucune preuve ne se révélera assez convaincante. »

Il y a aussi le genre d'*abuelita* qui est caractérisée non seulement par sa perspicacité, mais par son amour profond. Dans les mythes comme celui de *la curandera,* la guérisseuse qui vit à l'écart, elle est la grand(e) mère bien-aimée et douée qui a pétri le pain de l'amour. Ce pain, quand elle le sert, rend meilleurs ceux qui le mangent. Souvent, l'imposition des mains telle qu'elle la pratique change ceux qu'elle touche de son amour. L'anxiété, la souffrance, l'*envidia* – l'envie – la haine et la peur quittent leur corps.

La petite grand-mère humaine, l'*abuelita*, est un mélange de traits et d'attributs qu'en général son entourage familial trouve également magique. Ce peut être sa connaissance des *hierbas*, des plantes qui font du bien et guérissent le corps et l'esprit. Ce peut être sa perspicacité : elle est celle qui, à mille lieues, distingue le vrai du faux et voit quels actes vont générer des souvenirs précieux. Elle peut être un ange gardien et vous menacer de se servir des attache-jarretelles métalliques de sa gaine comme d'une fronde si vous vous comportez de manière irrespectueuse.

Chez toutes les *abuelitas*, comme la vieille Déméter qui soigne un enfant malade avec un baiser, l'énergie vitale circule à travers la perte, puis revient à l'amour et encore l'amour. Oui, pour les petites grand-mères, c'est souvent du tissu cicatriciel que la vie émane. Les *abuelitas* ont fait leurs preuves. Elles sont celles qui non seulement ont survécu, mais ont pour tâche de veiller au bien-être.

L'une des grandes constantes des mythes et

des histoires de la petite grand-mère, c'est qu'elle se consacre la plupart du temps à la jeunesse « dont la vie n'est pas encore épanouie », qu'il s'agisse d'enfants, d'œuvres d'art, de vocations, de chiots, de chatons, de naïfs, d'opprimés ou d'adultes. Quels que soient les dévastations subies, les coups portés à leur écorce jusqu'au cœur, les grand-mères n'en démordent pas : l'amour, l'amour profond, est le plus grand des guérisseurs, le but suprême, le meilleur engrais de l'âme.

Les bonnes grand-mères des mythes et des contes de fées n'oublient pas ce qui a été abîmé et de quelle manière, et elles vont tout faire pour le protéger. Pourquoi ? Parce qu'elles représentent ce qui protège « la lumière de l'Amour » en ce monde. Elles sont persuadées qu'une simple *vela* – bougie –, la petite flamme de l'amour qui brûle dans leur cœur, peut contribuer à éclairer le monde. Elles sont persuadées que si elles cessaient de faire briller la lumière de leur cœur avant d'avoir fait leur temps sur cette terre, le monde serait à jamais éteint, plongé dans l'obscurité.

Ne vous risquez pas à discuter avec l'une de

ces grand-mères de son amour éternel. Elle fait peut-être partie des plus acharnées, celles qui, avec une grande perspicacité, vont tenter de vous persuader que le moment est venu pour vous de commencer, de terminer ou de recommencer quelque chose.

Dans ce cas, elle est peut-être dans la même disposition d'esprit que Iris, la déesse grecque [5], lorsque, pour faire cesser les errances des femmes de Troie et les obliger à se fixer, elle mit le feu à leurs navires. De la sorte, ces Troyennes durent tenir bon et entamer, effectuer et terminer des tâches intelligentes et sensées.

De même, on retrouve ce thème, mais avec une métaphore différente, chez les Inuit. Certaines de leurs histoires parlent de l'obligation de prendre la mer quand toutes les ressources terrestres ont été épuisées, puisque c'est là, dans des eaux inconnues, que se trouvent les plus riches nourritures. Dans les deux quêtes, le mouvement est le même : il s'agit d'aller dans les profondeurs pour renaître à la vie ou bien d'agir sans discernement et donc de mourir à la richesse de la vie.

La grand-mère, qui a beaucoup appris, sait

que l'acquisition de la sagesse est le domaine réservé de la *Señora Destina*, Grand-Mère Destinée. Choisir de croître en sagesse, c'est toujours choisir de se remettre à apprendre. Quels que soient notre âge, notre condition physique, notre situation, l'esprit de la grand-mère entend nous apprendre que notre intelligence est à l'œuvre lorsqu'il s'agit de s'efforcer d'acquérir de la sagesse et de créer une vie nouvelle.

Être une grand(e) mère, c'est apprendre aux plus jeunes les voies de l'amour et de la miséricorde... car bien souvent, grâce à leurs conseils et à leurs mises en garde, les grand-mères peuvent leur éviter des faux pas et, à défaut de les rendre sur-le-champ plus sages, les aider à donner un sens à ces erreurs, quand elles les peinent et les désorientent.

Les instruments magiques utilisés par la grand-mère archétypale pour la transformation sont restés les mêmes depuis des millénaires. La table de cuisine. La lumière de la lampe. L'unique bougie. La chanson. Le rituel. La perspicacité. L'intuition. La soupe. Le thé. L'histoire. La conversation. La longue route. Le confessionnal. La main affectueuse. Le sourire séducteur. La sensualité affûtée. Un sens de l'humour sarcastique. La capacité de lire dans les âmes. Le mot gentil. Le proverbe. Le cœur à l'écoute. La capacité d'offrir à d'autres, quand il le faut, l'expérience déchirante d'un certain regard.

Pour une femme, obtenir la connaissance souhaitée, la mettre en œuvre et le montrer, se révèle parfois dans cette période de changements majeurs un acte de défiance, mais surtout, c'est un acte de bravoure, c'est-à-dire un acte de création primordiale en dépit de l'incertitude et de l'absence de sécurité, un acte qui rassemble la vie de l'âme et la miséricorde, un acte d'amour. Le fait qu'au cours du processus d'acquisition de la sagesse, une femme soit constamment en train de se ré-enraciner dans la vie de son âme constitue un acte suprême de libération. Apprendre aux jeunes à faire de même – et par « jeunes » il faut entendre toutes les personnes qui en savent moins et sont moins expérimentées qu'elle – est l'acte le plus radical, le plus révolutionnaire. Pareil enseignement a une grande portée, il fait le don de la vraie vie au lieu de rompre la lignée matrilinéaire de la femme sauvage et sage, l'âme sauvage et sage.

L'histoire des conteuses

Quelque part dans votre arbre généalogique, il existe des personnes du genre de celles dont je vais maintenant vous parler. Elles vous ont laissé un héritage. Même si vous ne les connaissez pas, ces *ancianas*, vos anciennes pleines de sagesse sont là. Nous descendons tous d'une longue, longue lignée de personnes qui sont devenues des lanternes oscillant dans la nuit et éclairant leurs pas et ceux d'autrui. Pour ce faire, elles ont usé d'un « Je-ne-laisse-pas-tomber » ou d'un « Otez-vous-de-mon-chemin » péremptoires, d'un « D'accord, j'attendrai que tu regardes ailleurs », bien inspiré, d'un « Je ferai comme l'eau et je m'insinuerai dans les moindres recoins » avisé, ou enfin d'un tranquille « Je ferai profil bas et procéderai pas à pas ».

Leur lumière continue à osciller dans l'obscurité... en nous-mêmes... car en nous servant d'une simple paille, nous pouvons allumer notre feu à leur flamme, nous inspirer de leurs inspirations. Nous avons hérité d'elles. Ainsi, nous apprenons à osciller dans le noir, nous aussi. La femme qui est éclairée de la sorte ne peut trouver son chemin à la lueur d'une bougie ou des étoiles sans éclairer les autres.

Quand j'étais enfant, j'ai vu arriver dans ma vie un groupe de vieilles femmes parmi les plus « dangereuses » que j'aie rencontrées, car lorsqu'elles furent torturées par des forces et des puissances plus fortes qu'elles, qu'elles furent capturées, emprisonnées, obligées à s'éteindre, elles vécurent à la lumière de leur âme. Même abattues de mille façons, elles repoussèrent et s'épanouirent comme des arbres en fleur.

Elles ont pris pour moi la forme de quatre réfugiées qui descendirent des wagons noirs d'un train sur le quai où nous les attendions avec impatience dans la nuit et le brouillard. Elles cheminèrent vers nous, courbées sous leurs *dunjas*, des édredons aux housses rouge sombre, liés par une ficelle velue. Sur leurs épaules, attachées par des cordes sales, elles portaient des malles arrondies en bois noir et teinté. Toutes sortes de sacs et de bourses pendaient à leur ceinture-cordelière. Tandis qu'elles s'avançaient vers moi, le fuseau de bois du rouet que l'une d'elles avait sur son dos tournait indéfiniment dans la brume.

J'allais sur mes sept ans et j'étais encore à l'âge où l'on est constamment en transit entre le monde luxuriant de l'enfance et l'austère univers des adultes. Je me souviens d'avoir pensé que ces vieilles femmes à l'ample silhouette qui avançaient obstinément sur le quai de la gare ressemblaient à des Pères Noël vêtus de noir émergeant de la fumée. Un peu plus tard, je compris qu'elles avaient cette allure enveloppée parce que, outre les bagages qu'elles transportaient, elles avaient revêtu tous les vêtements en leur possession : une jupe effilochée sur une jupe en haillons, une blouse déchirée sur une blouse tachée et l'ensemble de leurs chaussettes dépareillées et de leurs tabliers élimés.

Ces vieilles femmes appartenaient à ma famille adoptive, du côté paternel. C'était ces anciennes qui, pendant et après la Seconde Guerre mondiale, avaient été éparpillées entre la

Hongrie et la Russie, envoyées dans des camps « de travail » après avoir été arrachées à la minuscule ferme que leur famille exploitait depuis cent cinquante ans et jetées dans des trous du sol, ou dans les baraquements des camps de concentration, ou dans les « trains de la faim » au sol souillé par l'urine et les excréments, et pire encore.

Après plusieurs mois passés dans les camps, elles portaient encore sur les joues et le nez les marques des nombreux jours passés à marcher, boiter, se courber, soulever et déposer des charges sous un soleil impitoyable et sous le regard de gardes et de « surveillants » souvent nerveux et fous de rage. Certaines avaient perdu des phalanges des doigts et des orteils, arrachées par une balle ou suite à des gelures. Elles avaient le cheveu long et rare et l'on voyait leur crâne comme si elles avaient été irradiées. C'était là les conséquences de la malnutrition et, disaient-elles, de tout ce dont elles avaient été témoins.

Voir des vieilles femmes affamées, pliant sous le poids de leur fardeau, se lancer dans une course échevelée est quelque chose de proprement stupéfiant. Et pourtant, ces réfugiées étaient folles de joie en se jetant dans les bras de mon père. On dira que j'étais petite à l'époque et que c'est sans doute *elles* qui m'ont prise dans leurs bras, mais dans mon souvenir, c'est *moi* qui les ai étreintes et serrées longuement contre mon cœur. Il y eut beaucoup de larmes, de mots murmurés, de caresses sur le visage, les épaules et les cheveux.

Elles étaient persuadées que nous leur sauvions la vie, qu'en arrivant en Aa-mee-rii-ke elles allaient pouvoir laver leurs plaies dans la miraculeuse terre noire du nord du Midwest et entamer une nouvelle vie paisible. Elles ignoraient qu'elles venaient aussi me sauver la vie. Elles ignoraient qu'elles représentaient à la perfection la pluie forte et persistante dont avait besoin une enfant en train de se dessécher.

Leur présence même était déjà une richesse. Elles avaient été dépossédées de leur demeure familiale bien-aimée, privées de leur mari et de leurs enfants, dépouillées de leurs icônes, de la satisfaction de tisser des étoffes blanches, de leurs lieux de culte, de leur vie de villageoises, de la consolation simple de la forêt ancestrale voisine et des remèdes qu'elle offrait, dépouillées de la capacité de protéger leurs filles, leurs fils, leur propre corps, leur intimité, leur pudeur, et pourtant, pourtant, elles avaient réussi à ne pas lâcher le Soi essentiel et résilient. Le Soi qui ne meurt pas, le Soi qui ne meurt jamais.

Ces anciennes étaient pour moi la première preuve irréfutable que même si l'enveloppe extérieure de l'âme est entamée, écorchée ou brûlée, elle se régénère. Indéfiniment, la peau de l'âme se reconstitue et retrouve son état d'origine.

Contrairement aux arrivantes, les membres de notre famille « déjà américanisée », qui avaient pourtant quitté le vieux pays depuis moins de quarante ans, étaient devenus *nem vagyunk az erdöben*, c'est-à-dire qu'ils n'étaient plus des gens de la forêt [6]. Ils lançaient souvent : « Agis en être humain. Agis en personne civilisée. Pas comme si tu vivais dans la forêt. » (En Amérique, nous vivions toujours dans une vraie forêt, exactement comme ils avaient vécu au milieu de la forêt dans le vieux pays.)

J'étais élevée au sein d'une famille, d'une époque et d'une culture qui voulaient transformer tous les enfants en gentils petits rayons X. Pour cela, on m'avait envoyée dans une école de danse de la commune voisine, où un homme sévère qui se vantait d'avoir fait le voyage aller-retour jusqu'à Chicago m'avait enseigné, l'air compassé, les rudiments de la valse. Mais ces vieilles immigrantes issues des tribus magyares et *csibráki* du vieux pays allaient m'apprendre la vraie danse. Elles allaient m'apprendre à taper du pied et à hurler comme un loup, à montrer mes boucles d'oreilles, mes dentelles et ma gorge.

Les vieilles femmes de la famille ont taillé une porte dans la petite fille que l'on forçait à se calcifier. Elles m'ont montré une ouverture dans les profondeurs de la psyché, un lieu habité par l'âme qui était et est toujours à distance de toute culture professant que « les enfants/les femmes/les personnes âgées doivent être vues, mais pas entendues ». Elles m'ont révélé les couches du psychisme où trouver en permanence idées et inventions, et de quoi mener sa vie selon ce que l'on pourrait qualifier de « rationalisme passionné[7] », une existence remplie de passion et renseignée par la raison.

Ce sont ces « étrangères » chéries qui m'ont empêchée de sombrer dans le néant d'une conformité soigneusement cultivée.

Je leur ai appris l'anglais en dessinant à la craie sur l'ardoise dont je me servais en classe. J'ai dessiné des vaches holstein et guernesey, des grues et des hérons bleus, ainsi que d'autres oiseaux aquatiques des lacs de la région, des chênes blancs, des tilleuls, des sycomores, des érables argentés, des feuilles de poirier et de cerisier sauvages et toutes sortes de créatures de notre vie quotidienne. J'ai fait l'effort d'écrire le terme anglais correct sous le dessin. Je prononçais le mot. Elles le répétaient, avec leur accent.

En retour, et tout au long de notre vie ensemble, elles m'ont fait partager l'enseignement de leurs vieilles, très vieilles histoires, où il était question de femmes en bois, d'hommes vivant dans des mûriers, de bébés capables de se métamorphoser, de formules prononcées au-dessus de l'eau pour soigner les gens, de saints personnages sortis de nulle part, les « irréprochables », et d'innombrables récits apocryphes de l'Enfant Jésus et de sa Sainte Mère. Elles ont solidement ancré en moi des histoires de femmes habitant sous la mer, de meurtres au fond de la forêt, de miracles dans les cimetières. Un flot d'histoires s'écoulait, issu de l'époque où elles avaient connu les camps de travail forcé, les camps de réfugiés et les camps de détention, des histoires qui parlaient de courage et de loyauté inconditionnelle et réciproque envers des étrangers blessés et apeurés.

Les vieilles femmes avaient une longue pratique de travaux manuels en tous genres – filer, tisser, teindre, broder, tricoter, matelasser, faire du crochet, de la dentelle, des conserves au vinaigre, planter, ramasser, moudre, allumer le feu, retourner, semer, examiner, soigner. A travers leurs gestes quotidiens, il devint évident que dans la vie d'une femme âgée, ce n'était pas seulement le *quoi* qui comptait, mais aussi le *dans quoi*, c'est-à-dire ce qu'elle avait à l'intérieur, la sagesse et le courage qu'elle avait accumulés – semés volontairement ou semés à tous les vents, mais *toujours consciemment récoltés*.

A travers leurs travaux et leurs réalisations, les anciennes faisaient passer le message qu'il était important, voire nécessaire, de remettre en question et de ne pas accepter une vie morne et les pièges d'une consommation à outrance. Pour elles, on avait non seulement le devoir, mais la tâche *et* le plaisir de s'opposer à toute tyrannie, de faire sauter tous les puits obstrués, de refuser d'obéir aux ordres et aux règles capables de mettre en danger ou de détruire l'esprit, ou encore de ruiner toute espérance.

Et parce que leur vie avait été particulièrement dure, je les croyais. Quand nous étions ensemble, nous étions à nouveau *erdöben*, « de la forêt ». Ni une taille sévère, ni des coups de hache meurtriers, ni le poison n'avaient réduit à néant ces vieilles femmes; elles n'étaient pas laissées à l'abandon. Elles n'avaient aucunement perdu l'instinct des saisons, de la vie, des gestes éthiques. Loin de moi l'idée d'embellir leur existence – car elles faisaient des cauchemars et se réveillaient en hurlant, et elles avaient de soudains accès d'agitation et de tristesse mutique – mais il est évident qu'elles ne se contentaient pas de continuer à vivre. Grâce aux propriétés curatives du double remède que constituent la gentillesse et l'occasion de la pratiquer, elles bourgeonnaient.

A tous les points de vue, pour des femmes

qui avaient été entamées de mille manières, à qui l'on avait intimé de courber le dos tandis que l'on répandait du sel autour d'elles sur le sol, que l'on avait isolées, coupées à ras, calcinées, expulsées, jetées sur un tas d'ordures, elles étaient en leur temps comme pour notre époque vraiment dangereuses, car elles repoussaient ! Elles repoussaient sans cesse, encore et encore.

Elles revendiquèrent une place au sein de leur société, essentiellement la place qu'elles désiraient, car elles n'attendirent pas qu'elle vienne de la famille ou de la culture, elles ne cherchèrent pas à supplier ou à cajoler qui que ce soit pour l'obtenir. Elles tracèrent un cercle et elles y entrèrent. Elles dirent : « Me voilà. Si vous voulez être proche, restez auprès de moi. Sinon, restez là où vous êtes, car nous allons de l'avant. »

Si elles ont été capables d'agir ainsi, c'est je crois parce qu'elles étaient justes et généreuses la plupart du temps, et qu'elles n'étaient pas du genre à passer leur vie à gémir. Elles mettaient les choses au point quand c'était nécessaire, mais elles ne dissimulaient ni ne déguisaient leur affection et leur inépuisable faculté de pardon. Il leur suffisait de lancer un certain regard et les gens filaient doux. Il leur suffisait d'ouvrir les bras et les gens s'y précipitaient. Cela ne les empêchait pas d'avoir leurs faiblesses et comme nombre de bonnes personnes âgées, elles étaient imparfaitement parfaites. Mais elles étaient justes et elles l'étaient avec compassion, le genre d'attitude que l'on constate chez les gens qui ont été traités de manière impitoyable.

La psychanalyste et la femme mûre que je suis devenue est persuadée, aujourd'hui comme à l'époque, que si une femme vit sa vie à fond, de son mieux et à sa manière, cette vie devient non seulement un exemple, mais un bonheur pour les autres, un don qui lui sera rendu au centuple par les êtres justes et les gens de cœur. Les modèles que nous choisissons peuvent être proches ou lointains, mais le résultat est le même. Les femmes finissent par ressembler aux personnes vers lesquelles elles se tournent et qu'elles tiennent en la plus haute estime.

Dans toutes les familles originaires d'un vieux pays, quelle que soit la région du monde où celui-ci est situé, les vieilles femmes ont le même rôle, à l'instar des Parques et des Grâces : créer de nouvelles traditions et maintenir les anciennes, enseigner aux jeunes et mettre leurs forces à l'épreuve. Dans nos familles, les anciennes ont démontré que derrière chaque tradition, chaque mise à l'épreuve, existait une excellente raison, une raison propre à l'âme. Et rien ne pouvait les détourner de leur tâche.

Je pourrais utiliser maints événements pour le démontrer, mais je pense particulièrement à l'un d'eux, que j'ai toujours appelé « *Táncoló Nagymamák*, La danse des grand-mères ». Il décrit l'une des manières dont les anciennes accomplissent l'œuvre qui consiste à transmettre en héritage aux jeunes « ce qui compte ». Dans notre famille, à certains moments et notamment lors des mariages, les vieilles femmes ont gommé encore un peu plus la différence entre ce que j'appellerais maintenant la réalité intérieure archétypale et la réalité de la vie extérieure.

Ainsi, c'était au cours des repas de noce que les aïeules enfonçaient les portes de la tranquillité et de l'effacement pour donner libre cours à leurs pouvoirs en tant que bonnes et irascibles sorcières, grand-mères rusées, et dangereuses vieilles femmes exemplaires.

Et maintenant, prêtez l'oreille...

Táncoló Nagymamák,
La danse des grand-mères

Il existe une tradition ancienne, qui veut que lorsqu'une fille se marie, les vieilles femmes essaient de tuer le marié avant qu'il ne gagne la chambre nuptiale. Et leur arme, c'est la danse.

Elles s'attaquent à l'époux lors de la réception, une grande fête qui peut durer plusieurs jours et commence aussitôt après la messe de mariage du soir – deux heures pendant lesquelles nul ne bronche. J'avais un oncle surnommé Legato, d'après le terme *látogató*, qui en langue magyare signifie « le visiteur ». Pratiquement tous les dimanches, en effet, Oncle Legato passait de la demeure d'un proche à l'autre et goûtait le vin maison. C'était un vin de la couleur qu'ont les feuilles de saule au printemps et l'oncle l'accompagnait chaque fois de gâteaux aux graines de pavot saupoudrés de sucre et tout juste sortis du four, de crème fouettée parsemée de cannelle et de trois sortes de pains traditionnels : le pain à la pomme de terre, à la croûte craquelée, le gros pain de seigle ovale et le pain de maïs aux piments rouges, que nous appelions « pain de feu ».

Cet oncle affirmait qu'autrefois, la messe était une fête païenne au cours de laquelle l'on dansait et l'on chantait pendant sept jours, et que l'Eglise romaine l'avait raccourcie à moins d'une heure pour attirer les prétendus « infidèles » vers une nouvelle religion « indolore ». Or, ajoutait-il, l'Eglise l'avait oublié et elle avait également omis la partie la plus importante : la danse. « Mais pas de panique, rugissait-il, nous autres de la tribu des Czibráki, sommes les gardiens des traditions ! » Et il s'élançait au son de la musique, en brandissant d'une main une bouteille vert sombre de vin maison, et en agitant de l'autre son chapeau noir entouré d'œillets rouges.

Chez nous, les fêtes de mariage commençaient généralement avec grâce et décorum.

Mais le vin et la musique traditionnels les transformaient très vite en chahut. Après avoir mangé, bu et dansé à satiété, les hommes dénouaient leur cravate, les femmes attachaient leurs cheveux et les enfants avaient le talon de leurs socquettes noir à force de faire des glissades sur le sol patiné de la piste de danse.

En cette nuit-là, lors de ces noces-là, la danse et les agapes avaient atteint un sommet. La salle était imprégnée de la bonne odeur de transpiration de deux cents citoyens naturalisés et de la première génération de leur progéniture américaine.

Sur un signal mystérieux, les quatre grand-mères entrèrent à la queue leu leu dans la salle en caquetant et en chuchotant entre elles. Elles étaient engoncées dans leur plus belle robe noire, luisante comme le boyau d'une savoureuse *kolbász* – une saucisse. Elles allèrent s'asseoir, serrant sur leurs hanches larges leur carnet de plastique noir brillant. Et côté pile, chacune arborait une jolie paire de miches rebondies.

Ces aïeules avaient beau vivre depuis quelque temps en Amérique, elles n'en continuaient pas moins à natter leurs cheveux, séparés par une raie au milieu, et à enrouler leurs tresses plusieurs fois autour de leur tête massive. Elles portaient aux pieds des derbies noirs identiques déformés par leurs oignons. Assises les pieds écartés comme des lutteurs de sumo, elles avaient l'air de quadruplées, avec leurs mains rouges, leurs joues rubicondes, et les petites croix en or qui reposaient, accrochées à une fine chaîne, sur leur solide poitrine tannée par le soleil.

Ces femmes maniaient la pelle et le râteau, tordaient le cou des poulets, arrachaient les mauvaises herbes, retournaient la terre, plantaient avec des doigts épais comme des manches à balai. Elles savaient traire les bêtes et les aider à mettre au monde les petits, tondre les moutons, filer, tisser, tuer le cochon. Leurs avant-bras racontaient leur histoire.

Elles commencèrent par critiquer tout le monde... celui-ci aurait dû être déjà fiancé, celui-là avait besoin d'un bon tailleur, et patati et patata : « Fais-moi plaisir, marie-toi avant que je sois morte », lançaient-elles à certains. A d'autres, elles chuchotaient : « As-tu l'intention de me rendre grand-mère avant un siècle ? »

Elles se concertaient pour décider qui devrait se remplumer, qui allait se retrouver sur la paille après avoir dépensé tout son argent, et pour qui il y avait encore de l'espoir. Elles votèrent ensuite pour désigner ceux qui dansaient bien, ceux qui connaissaient les anciennes danses par cœur, ceux qui avaient le pied léger, compte tenu de leur poids et de leur âge. Bref, c'étaient de magnifiques fouineuses.

Les six musiciens de l'orchestre étaient vêtus comme s'ils sortaient d'une pendule à coucou. Ils jouaient tous les airs qu'ils connaissaient, ceux qu'avaient popularisés Yankee Yankovich and His Yanks, et l'intégralité du répertoire de Milos Szegedi et son orchestre royal *á Cigányok.* Ils débitaient à la chaîne valses et csardas, martelaient les polkas connues des deux côtés de la frontière.

Des vieux messieurs dansaient le two-step avec des petites filles portant des couches-culottes à volants. Des femmes aux bras nus dansaient entre elles. De jeunes hommes dansaient en poussant des cris, les mains sur les épaules des voisins, leur chapeau noir crânement incliné sur le côté, leur chemise blanche marquée d'auréoles de transpiration aux aisselles. Chacun sifflait et criait, tapait du pied et évoluait fièrement sur la sciure du plancher, en essayant de faire mieux que les autres. C'était à qui réussirait à frapper le plus bruyamment le sol tout en hurlant « yahah ! ».

Les chaînes de montre et les boucles d'oreilles brillaient. Le sol irrégulier, les chevelures qui volaient, les jupes qui tournaient, se confondaient avec les chaussures à gros talons et les jupons en dentelle.

Les quatre vieilles femmes contemplaient le spectacle d'un air avisé.

Bientôt, le marié et ses amis les plus proches vinrent les inviter à danser, scellant ainsi involontairement le sort de celui-ci.

« Oh ! non, non », protestèrent les vieilles femmes. « Oh ! non, voyons ! » répétèrent-elles d'une voix forte.

Quelles rusées !

Mais elles se laissèrent conduire sur la piste et à la grande surprise de leurs cavaliers, elles les entraînèrent dans toute une série de tours, tels des ours bruns au pied léger dansant avec de petits mulots.

Lorsqu'ils raccompagnèrent les vieilles dames jusqu'à leur chaise, les jeunes gens haletaient, le souffle court. Oui mais voilà, avant de se rendre compte de ce qui lui arrivait, le marié fut entraîné par la deuxième grand-mère.

Elle le fit tourbillonner devant elle tout autour de la salle comme s'il était accroché par le fender d'une locomotive tournant follement sur elle-même. Et les autres mamies enrôlèrent trois de ses compagnons et dansèrent comme des folles avec eux.

Quand les invités virent cela, ils se mirent à taper dans leurs mains en cadence en criant des encouragements. Ils hurlèrent et braillèrent à qui mieux mieux, mais elles étaient capables de hurler et de brailler plus fort que les deux cents invités.

Le marié tenta de se débarrasser de la deuxième grand-mère, mais la troisième prit alors le relais. Elle le promena dans la salle comme la lame d'une charrue fendant la première neige, puis jeta ce qui restait de lui à la quatrième mamie. Une ligne de jeunes gens se forma, chacun attendant d'être le cavalier d'une grand-mère. Et cela continua jusqu'à ce que toutes les quatre soient en train de danser, l'une d'elles étant toujours la partenaire du marié.

Ces vieilles femmes dansaient merveilleusement, avec une énergie fantastique. Elles se séparèrent de leurs cavaliers et continuèrent de plus belle à danser, en relevant leur jupe et en révélant des chevilles comme des cordes de piano, entourées de bandages élastiques. La foule se démena plus encore, tourbillonna plus vite, frappa plus fort du pied, poussa des cris plus retentissants, dans un laisser-aller complet.

Une fois ce deuxième groupe de danseurs épuisé, trois autres jeunes hommes frais apparurent et entourèrent la taille épaisse des grand-mères. Mais le marié n'eut pas l'autorisation de s'asseoir. Il devait continuer à danser. Et la danse des grand-mères et de leurs cavaliers se poursuivit. Le sol tremblait, les vitres vibraient et chatoyaient, les cris de joie et d'effort faisaient trembler les clous qui maintenaient les bardeaux du toit.

Les vieilles dames épuisèrent ces jeunes gens, qui furent remplacés par trois autres sous les cris de la foule, folle de joie. Les gens applaudissaient à s'en arracher la peau des mains, les voix devenaient rauques et animales, mais personne ne s'arrêtait.

Les pans de chemise des musiciens commençaient à sortir de leur pantalon. Tout l'orchestre dansait aussi, bondissant d'un bout à l'autre de l'estrade tandis que le flûtiste s'époumonait, que les autres fracassaient la batterie, s'acharnaient sur les cordes, s'escrimaient sur le *cimbalóm* et sciaient le violon. L'accordéoniste maniait comme un fou son énorme instrument noir et nacré, au soufflet bordé d'argent. Il tomba sur un genou et, la bouche ouverte, les yeux clos, parcourut des doigts les touches d'ivoire, pressant les boutons et dodelinant de la tête en une sorte de frémissante extase religieuse.

Les anciennes vinrent ainsi à bout de vingt-quatre jeunes hommes, vingt-cinq en comptant le marié. Quand la dernière note de musique résonna enfin, toutes les quatre rejoignirent leur chaise pliante, poitrine gonflée comme des pigeons bisets, en se saluant mutuellement, le sourire aux lèvres, puis elles échangèrent un haussement de sourcils majestueux.

Tirant de leur poitrine rabelaisienne un mouchoir brodé main, elles épongèrent avec délicatesse *quelques gouttelettes* de transpiration. Les invités, le visage et le corps ruisselants de sueur, applaudirent à tout rompre.

Le marié se dirigea en titubant vers le bar, la lèvre inférieure pendante et les jambes en coton. Ses amis, hilares, l'aidèrent en le soutenant par les bretelles. Il était suspendu entre eux comme un manteau sur un bâton. « J'ai réussi ? Je suis toujours vivant ? » Il avait la nausée.

La plus âgée des grand-mères tint conseil avec les autres. « *Igen*, oui ! » affirmèrent-elles en hochant la tête et elles firent venir la mariée auprès d'elle. La mariée était belle ; elle ressemblait à un napperon de dentelle blanche brodée de perles.

« *Angyalum*, lui confièrent-elles, *adás kis angyalum*, cher ange. Cet étalon que tu épouses t'offrira de magnifiques galops. On peut te le dire, on l'a testé pour toi ! » Elles rejetèrent la tête en arrière, exhibant leurs dents en or, et hurlèrent de rire de concert, tant et si bien qu'elles faillirent tomber de leur siège. Le visage de la mariée s'illumina et elle rosit, l'air ravi.

A ce moment, l'orchestre entama une valse lente et les couples, dont le marié à demi mort et son épouse aux petits soins, s'avancèrent sur la piste. Chacun avait le regard embrumé par une expression du genre « Je n'oublierai jamais cette nuit-là ». Car tout le monde, des enfants aux grands-parents, en passant par les pères, les mères, les cousins, les grand-tantes, les grands-oncles et même les loups solitaires – particulièrement les loups solitaires de la famille – avait été vacciné par le pouvoir de la vieillesse.

Aucun de ceux qui avaient été témoins du pouvoir, de la joie et de l'intelligence de ces aînées ne pouvait désormais vivre la vieillesse comme une maladie, ni se ronger les sangs à l'idée que les vieux jours étaient une période pathétique. Ils savaient que la vie qui les attendait alors serait correcte, et riche et profonde. Ils n'ignoraient pas qu'ils devraient affronter des peines, des déceptions et peut-être des handicaps, mais en dansant, les vieilles femmes leur avaient donné envie d'être assez âgés pour posséder cette sorte de pouvoir, assez âgés pour s'amuser autant, assez âgés pour éprouver un tel bonheur en observant les jeunes, en leur apprenant et en les mettant à l'épreuve, en conseillant les adultes et, oui, en enterrant les morts qu'ils auraient aimé leur vie durant... et en vivant suffisamment longtemps pour raconter toutes les histoires. Quelle chose merveilleuse que d'avoir suffisamment avancé en âge pour recevoir en retour autant que l'on a donné, tout l'amour que l'on peut souhaiter en échange simplement de sa sagacité, de sa franchise, de son intelligence, de sa résistance et de son affection...

Alors, à la fin de la soirée, avant que tous les fiancés n'aillent se câliner dans l'obscurité du petit chemin derrière la grange, avant que les tout-petits ne s'endorment dans leurs habits de fête, semblables à des friandises tombées à terre, avant que les hommes enivrés ne se fassent pressants auprès de leur épouse, avant que la lune ne se montre, les vieilles femmes, les grand-mères dansantes, *á nagyhatalmak*, les Grandes Puissances, sortirent de la salle au pas cadencé, ravies d'avoir une fois de plus labouré et planté, et remis ainsi en état les champs spirituels pour une autre génération encore.

Comme avant elles leur mère et la mère de leur mère, ces vieilles femmes appartenaient à une époque de la vie que nous atteindrons nous-mêmes un jour. On ne devient pas une ancienne simplement par le fait d'avoir vécu un grand nombre d'années, mais plutôt par ce que l'on a fait de soi durant tout ce temps et par ce dont on se remplit au moment présent, voire par la manière dont l'on s'est formé avant d'avoir eu un certain âge.

C'est cet héritage qui me permet d'affirmer qu'il n'est jamais trop tard pour élargir le champ. Quel que soit notre âge, nous pouvons préparer maintenant notre passage vers le pouvoir de la vieillesse et la sagesse de l'âge. Chaque personne aura une chance d'être enflammée de nouveau en tant que force intense et instructive. Mais nous n'y parviendrons que si nous décidons d'en faire notre destination, et ce *dès maintenant.*

Malgré nos attachements actuels,
malgré nos maux, nos souffrances, nos chocs,
nos pertes, nos gains, nos joies,
le site vers lequel nous nous dirigeons est cette
terre de la psyché que les aïeuls habitent,
ce lieu où les humains restent tout à la fois
divins et dangereux,
où les animaux dansent encore,

où ce qui a été coupé repousse,
et où ce sont les rameaux
des arbres les plus vieux
qui fleurissent le plus longtemps.
La femme cachée
qui entretient l'étincelle d'or
connaît cet endroit.
Elle sait.
Et toi aussi.

Prières de gratitude
envers les dangereuses vieilles femmes
et leurs filles sauvages et sages
que nous apprécions tant

1

Pour toutes les aïeules du monde, celles que les vagues ont bercées et celles qu'orages et tempêtes ont à moitié fait couler, celles qui se sont accrochées à l'épave suffisamment longtemps pour parvenir à mi-parcours et de là ont pu toucher terre... Pour les anciennes qui dans leur diversité, avec leurs peines et leurs talents divers, sont maintenant timides ou assurées, à demi échevelées ou impeccables, mais ont néanmoins les hanches larges et l'allure fière... Pour les tribus de grandes aïeules... avec tous leurs pelages et leurs plumes, avec toutes leurs feuilles, leur peau, leurs jupes, et toutes leurs *ropas guerreras*, leurs tenues de combat, avec leurs ailes, leurs ceintures, leurs châles, leurs broches et leurs colliers de cérémonie, leurs bâtons de chef, avec toute leur fierté tendre et athlétique, avec leurs becs et leurs queues, leur tulle et leur toile qui paradent et flamboient, avec leurs déambulations et leur sensualité, avec tous leurs comportements imprévus et scandaleux, leurs excentricités, leurs dentelles et peintures tribales, avec tous les insignes de pouvoir et les couleurs de leur clan, avec leur sang féroce et doux et leurs yeux qui brillent... pour toutes leurs mœurs traditionnelles et généreuses... pour leur façon suprême de veiller à ce que le respect, la vie créatrice et l'attention à l'âme ne disparaissent pas de la face de la terre... pour toute cette beauté bénie qui est en elles...

A leur intention, prions...
que la force et la guérison
imprègnent à jamais leurs os courageux.

2

Pour toutes les aînées pleines de sagacité qui sont en train d'apprendre quand le moment est venu de s'affirmer et non pas de se taire, ou de se taire quand le silence est plus éloquent que la parole. Pour toutes les femmes en train de devenir des anciennes, qui apprennent à être gentilles quand il serait si facile d'être cruelles... qui voient qu'elles peuvent être tranchantes quand cela s'impose, et trancher proprement... qui s'entraînent à dire la vérité avec miséricorde. Pour toutes celles qui ne respectent pas les conventions et serrent la main de personnes étrangères, en les accueillant comme si elles les avaient élevées et connues depuis toujours... pour toutes celles qui apprennent à rapprocher les os, à secouer l'embarcation et aussi le lit, comme à apaiser les tempêtes... pour celles qui veillent sur l'huile de la lampe, qui maintiennent le calme chaque jour... pour celles qui préservent les rituels, qui n'ont pas oublié comment faire du feu avec du silex et de la bourre... pour celles qui disent les anciennes prières, qui se souviennent des symboles, des formes, des mots, des chants, des danses, et de ce que les rites eurent pour but d'instaurer à une époque... pour celles qui bénissent souvent et aisément les autres... pour ces aînées qui n'ont pas peur – ou qui ont peur – et qui agissent avec efficacité de toute manière...

Pour elles...
puissent-elles vivre longtemps,
fortes et en bonne santé,
et en déployant une immense énergie vitale.

3

Pour les grand-mères gâteau dont les mains, les cœurs et les esprits offrent de nombreuses nourritures – sucrées, douces-amères, acides, douces, épicées – des nourritures qui restent dans l'âme longtemps après que l'esprit les a goûtées... pour toutes les *Bobbe* et *Omah* audacieuses, les pionnières, les trompe-la-mort, toutes les *Nonne* et les *Zie* sauvages qui sont des exemples vivants de ce que veut dire avoir un corps et une âme... pour toutes les traditionalistes et pour les *Donne sagge*, paisibles comme des rivières et tout aussi nourricières envers celles qui fuient vers leurs berges ou s'efforcent de les atteindre. Pour toutes les vieilles femmes qui calment et aident à guérir quiconque elles touchent, quel que soit son état... pour celles qui, au moins une fois, vont aller à la rencontre des personnes durement touchées que les autres ne voient pas, ou dont ils se tiennent à l'écart... pour celles qui osent héberger des anges qui arrivent à l'improviste... et celles qui prennent pitié des créatures abandonnées... pour les aïeules qui apparaissent éclaboussées de peinture ou ornées de guirlandes d'idées radicales, ou qui tout simplement apparaissent pour le bon motif quand personne d'autre n'ose le faire...

Pour elles...
puisssent-elles être à jamais audacieuses ;
puissent leurs âmes être protégées par maintes autres
âmes tandis qu'elles apportent des ressources conquises
de haute lutte à notre monde qui en a tant besoin.

4

Pour toutes les *tías* clairvoyantes et toutes celles qui jouent le rôle de grand-mères gardiennes auprès des âmes qui en ont besoin... pour celles qui accueillent filles et fils, de sang ou non, aussi facilement que les fleurs accueillent les abeilles... pour les *khaleh*[8], les bien-aimées, c'est-à-dire chaque femme d'un certain âge pour laquelle une plus jeune éprouve de l'affection (plus jeune de quelques secondes ou plus vieille d'un millier d'années, cela n'a pas d'importance). Pour toutes les aînées qui tissent la trame d'une vie riche, en utilisant au moins un fil d'audace, deux fils d'essence sauvage et trois de sagesse... pour ces *ancianas* qui *ouvertement*, dans leur vie et dans leurs relations, élargissent le champ, font des pas de côté, reviennent sur leurs pas, pardonnent, révèlent, raccommodent... de façon à ce que les moins expérimentées puissent le voir et en faire autant, sans la moindre honte. Pour toutes les guérisseuses; les *'Litas* en noir, toutes les vieilles paroissiennes avec leurs coiffes fabuleuses, celles avec du henné et des saris dont elles se voilent la tête en présence du sacré et du grand âge, celles qui portent mantille et chapelet, toutes celles qui sont vêtues de tuniques safran ou marron, toutes celles qui font du dharma leur vêtement pour toutes les occasions... pour celles qui portent l'antique hijab et celles qui recouvrent leur tête du talith à franges sacré pour se retrouver à nouveau dans la tente de Sarah ; pour celles qui portent la kippa perlée et celles qui portent sur la tête l'arc-en-ciel et un essaim de météores et se coiffent en forme de fleur de courge... pour toutes celles qui sont sur les collines sacrées et auprès des cascades, dans les forêts et dans les temples faits de terre et de boue... toutes celles de « l'église sous l'église[9] »... et toutes les aînées encore capables de rendre visite à la minuscule cathédrale rouge du cœur... pour toutes les guérisseuses qui militent pour l'amour, la paix et la compréhension, et qui remercient, et qui louent avec tant de force que lorsqu'elles prient, des fleurs semblent s'épanouir au-dessus de leur tête...

Pour elles...
puissent-elles continuer à nous montrer
comment aimer ce monde et toutes les créatures qui le peuplent... et ce, de toutes les façons les plus importantes
pour l'Ame.

5

Pour toutes les *sympaticas* brillantes et courageuses, les grand-mères, les Big Mamas, les tantes spéciales... pour toutes les cordiales *Bon Mamas* et les humbles *Mujeres Grandes* qui ont épousé l'Amour en personne et donné naissance à cinq enfants indisciplinés nommés Paix, Espoir, Clairvoyance, Ingérence et Nature sauvage... pour ces femmes honorées qui nous ont abreuvées il y a vingt, trente, quarante, cinquante, soixante, soixante-dix et quatre-vingts ans, qui ont répandu un fleuve de conseils et d'exhortations, qui ont mis dans nos poches des cartes au trésor soigneusement repliées pour que nous les emportions dans la nature sauvage... pour celles qui nous ont mises au défi, aiguillonnées, incitées, poussées... qui nous ont ainsi fait évoluer dans la bonne direction de façon à ce que nous puissions développer un peu plus d'âme... pour la douceur de leur toucher, la tendresse de leur regard, l'originalité de leurs manières qui nous encouragent à innover et à faire montre de la même bravoure qu'elles... pour leur voix qui chuchotait « N'aie pas peur, je suis là, ne perds pas courage, continue, et maintenant resplendis, et maintenant jette-toi à l'eau, non, là ce n'est pas terrible, prends plutôt ce chemin, voilà, c'est ça... » pour leurs blagues complices et leurs goûts peu sobres ; pour leurs comportements scandaleux et leur attachante dignité, pour savoir mettre des limites, respecter les limites, aller jusqu'aux limites, élargir les limites étouffantes, resserrer celles qui sont trop lâches. Pour ces grandes vieilles femmes, ces *dames*, certaines vénérables en termes d'années, d'autres âgées en temps de l'âme, mais toutes emplies de sagesse, qui jouent le rôle d'Etoile polaire pour les autres, juste en existant...

Pour elles...
puissent-elles être toujours en sécurité, nourries de
diverses sources, et recevoir des manifestations d'amour
et de gratitude propres à conserver leur âme en fleur
au-dessus du sol afin que tous puissent voir.

6

Et pour les chères filles... pour celles qui apprennent à retrouver leur sagesse et leur intégrité, ou à y accéder pour la première fois... Donc, pour toutes les grandes aînées qui sentent qu'elles ne peuvent exister sans les jeunes, sans pouvoir méditer avec elles, apprendre d'elles et leur apprendre, trouver en elles humour et potentiel, se pencher sur elles et les enrichir... et pour toutes les femmes plus jeunes qui sentent qu'elles vivraient moins bien sans l'essence d'une femme donquichottesque plus âgée et un tant soit peu plus sage qui lui permette de méditer avec elle, d'apprendre d'elle et de lui apprendre, de trouver en elle humour et potentiel, de se pencher sur elle et de l'enrichir. De ce fait, pour toutes les filles, les jeunes, et les moins jeunes qui approcheront bientôt du feu des grand-mères pour la première fois, de nombreuses fois, ou pour la dernière fois... pour toutes les grandes petites-filles et les grandes anciennes qui entretiendront le feu de cette double relation par des lettres et des livres, des enseignements et des rassemblements, des dictons et des hellos, des voyages avec des capes et des plumes au chapeau, et par la simple proximité... pour toutes les femmes magnifiques, jeunes, mûres ou âgées, qui recherchent la compagnie les unes des autres, qui cherchent à instaurer mutuellement une relation mère-sœur-fille, qui se rendent compte qu'elles sont l'une pour l'autre *El refugío*, un vrai refuge... pour celles qui prennent conscience qu'elles sont ensemble et qu'ainsi les moins expérimentées et les plus expérimentées peuvent toujours trouver un lieu où être chez soi... *chez soi* : ce lieu de l'âme habité de plus en plus durablement au fur et à mesure qu'une femme rassemble ses années de sagesse autour d'elle... *chez soi* : tout lieu où il existe un besoin de, un abri pour, une exaltation de... l'amour.

Pour elles...
pour leurs cœurs, ces pèlerins...
puissent-ils se trouver sans jamais passer leur chemin,
mais rester proches et se renforcer mutuellement,
près des limites et des portails du monde de l'âme
dont on leur a confié la garde.

7

Pour toutes les filles intelligentes, ignorantes, errantes et savantes... pour les filles qui foncent et celles qui procèdent par bonds... pour celles qui réapprennent à pleurer... pour celles qui apprennent à caqueter... pour toutes celles-ci, qu'elles aient ou non leur intégrité, qu'elles soient ou non guéries, et de quelque classe, clan, océan, ou étoile qu'elles soient issues... pour toutes les filles qui ont reçu un don d'amour de la part d'aînées bien-aimées, disparues depuis, mais qui continuent malgré tout à les visiter... pour toutes les filles qui ont entendu une fois des paroles de sagesse destinées à une autre oreille, mais chez qui ces « paroles justes au juste moment » ont suscité une étincelle qui a illuminé leur monde à jamais... pour toutes les filles qui ont entendu des paroles de sagesse sans pour autant les comprendre, mais qui les ont gardées pour le jour où elles seraient à même de le faire... pour les filles qui avancent seules et qui, par nécessité, vont chercher leurs aînées parmi les personnages des livres qu'elles aiment, ou parmi des images empruntées au cinéma, à la peinture, à la sculpture, à la musique et à la danse... pour les filles qui s'imprègnent du bon sens et des attitudes opportunes manifestées par les esprits de sagesse évanescents et anguleux de leurs rêves nocturnes... pour les filles qui apprennent à écouter la vieille femme sage de la psyché, cet inquiétant sens intérieur de la clairvoyance, de l'écoute, de la perception et de l'action intuitives... pour les filles qui savent que cette source de sagesse intérieure est le pot de gruau magique du conte, qui reste plein quelle que soit la quantité qu'on vide...

Pour elles...
que toutes leurs beautés, leurs peines et leurs quêtes
soient bénies ;
puissent-elles se souvenir toujours que les questions
demeurent sans réponse
jusqu'à ce que les deux formes de vision
aient été consultées : la linéaire et l'intérieure.

8

Et pour toutes les filles et toutes les aînées qui soutiennent ce qu'il y a de bon et refusent d'obéir aveuglément à toute forme de surculture qui valorise l'absence de relief et dénigre la pensée... pour toutes les filles et toutes les aînées qui escaladent avec toujours plus d'ingéniosité les montagnes mystiques et passent sur des routes accidentées... pour celles qui parlent à l'âme avec toujours plus d'avidité, et pour les animaux, les eaux, les terres et les cieux... pour celles qui gardent des chaudrons toujours plus profonds, qui rendent plus vive la lumière du phare, qui constituent un terrain solide là où auparavant il n'y avait rien... pour celles que les leçons données et reçues portent à l'incandescence, pour celles qui se reposent un peu avant de se remettre avec enthousiasme à l'ouvrage... pour ces fleurs nocturnes dont le parfum intense persiste même si elles demeurent cachées... pour toutes les filles et les aînées qui posent leur main non seulement sur le berceau, mais sur le gouvernail du monde à leur portée... pour celles qui ont abandonné quelque chose d'essentiel et de fécond et sont revenues sur leurs pas pour le récupérer... pour celles qui ont détruit quelque chose et s'en sont excusées humblement, au nom de l'amour... pour celles qui n'ont pas terminé quelque chose, ou l'ont oublié ou n'ont pas saisi son importance, mais ont rendu, reconstruit, adouci, donné « la bénédiction » au mieux de leurs possibilités... pour toutes les filles et toutes les aînées qui ont pris le blâme sur elles et ont donné leur chair et leur sang pour réparer le dommage causé par d'autres... pour les filles et les aînées qui ont toujours choisi de se montrer affectueuses plutôt que « correctes »...

Pour elles...
Puissent-elles se rendre compte à quel point leur vie
est précieuse,
et que malgré leurs éventuelles insuffisances,
elles sont précisément les remparts,
les pierres de touche, les points de référence,
les exemples dont nous avons besoin.

9

Pour toutes les filles et toutes les aînées qui sont la preuve vivante qu'en dépit des dénégations de la société, des peines de cœur, des erreurs de parcours, des chutes et des brûlures, l'âme revient toujours à la vie, vit encore et avec intensité... pour toutes les filles et toutes les aînées qui savent depuis plus ou moins longtemps que malgré leurs points faibles et les dénégations du moi, elles sont nées avec la sagesse chevillée au corps et à l'âme, et que c'est à la fois leur héritage d'or et leur étincelle d'or. Pour toutes les filles et toutes les aînées qui travaillent à l'essentiel, à savoir faire la preuve qu'une femme est comme un grand arbre qui, par sa capacité à bouger au lieu de rester statique, peut survivre aux plus violentes tempêtes et aux pires dangers et continuer à se dresser par la suite vers le ciel, et qu'elle peut toujours, elle aussi, se mouvoir, osciller et poursuivre la danse. Pour toutes les filles qui sont elles-mêmes soit en début, soit en fin de formation pour devenir des « majestés ordinaires », aussi sages, et sauvages, et dangereuses qu'elles sont appelées à l'être, c'est-à-dire énormément. Enormément.

Pour elles...
pour nous tous,
les grand-mères comme les grands-pères,
les petites-filles comme les petits-fils...
Puissions-nous aller tous plus loin et être florissants,
créer à partir des cendres,
protéger les arts, les idées, les espoirs
qui ne sauraient disparaître
de la face de la terre.
Pour tout cela, puissions-nous vivre longtemps
en nous aimant les uns les autres,
jeunes dans la vieillesse et vieux dans la jeunesse
pour toujours et à jamais.

Amen [10]

« Quand *une personne*
vit pleinement,
les autres en font autant. »

NOTES

1. *Comadre*

En espagnol, ce terme signifie à quelque chose près : « Je suis ta mère et en même temps tu es ma mère. » Il sert à décrire une relation de grande proximité entre des femmes qui veillent les unes sur les autres, sont à l'écoute les unes des autres et s'apportent des enseignements mutuels. Et ce, d'une manière qui toujours inclut l'âme, et souvent l'évoque, quand elle ne s'adresse pas directement à elle.

2. « *Dangereuse vieille femme* »

Dans cette formule de mon cru figure le mot « dangereux », que j'ai choisi d'utiliser dans son sens le plus archaïque de la langue anglaise, c'est-à-dire qui s'appliquait à celui qui protège et qui est protégé.

3. *Hieros gamos*

Ce terme grec signifie « mariage sacré », l'union entre un être humain et une divinité, qui va transformer l'un et l'autre. De nombreux groupes religieux ont instauré des rituels autour de cette idée issue de l'Antiquité. Fondamentalement, il s'agit de l'union de deux forces contraires d'où une troisième va naître... une troisième perspective qui est le fruit de leur combinaison, une troisième idée, une troisième énergie, un troisième mode de vie généré par la réunion de l'ancien et du moderne, de l'intemporel et du temporel. Les représentations de la vieille femme sage et de la jeune femme resplendissante dotée de sa propre sagesse vécue sont des composantes contraires de la psyché féminine. Toutefois, « contraires » est à prendre ici au sens de « différents et complémentaires » et non d' « hostiles ». Quand l'âme est séparée de l'esprit, cela est vraisemblablement dû à la vision restreinte du moi, à ses déformations que provoque la blessure de l'esprit, à ses limites et à ses appétits déplacés, ses protections et ses complexes. Jung a postulé que le moi était une petite île sur l'océan de la psyché. Chez mes patients, je constate de temps en temps que malgré la valeur et l'utilité du moi en certains domaines, il n'est pas construit pour être l'élément moteur dominant de la psyché, ce que sont en revanche l'âme et l'esprit. D'où les changements de direction, à mi-vie, du grand navire de la psyché qui s'éloigne de la vie du moi leader, et se rapproche de la vie de l'âme/de l'esprit dans le *hieros gamos*, qui prend la position dominante.

4. *Grande mère*
J'aime l'idée, formulée par certaines aïeules, que l'on peut entendre ce terme au sens de « grande mer »... la source de vie, le bain primordial.

5. *Iris*
On retrouve la déesse dans l'*Enéide*, sous le nom de Beroé.

6. *Nem vagyunk az erdöben*
Prononcer *nèm vadounk az airdœbène.*

7. *Rationalisme passionné*
Certains ont dit que le rationalisme ne saurait en aucun cas être passionné, et que la passion n'est jamais rationnelle. Je ne partage pas cette opinion. Une vie rationnelle valant d'être vécue est passionnée. Une passion valant d'être vécue a les moyens rationnels de prendre bonne tournure et de se rendre manifeste dans la réalité consensuelle. C'est un double processus, comme les racines de l'arbre qui font pousser la canopée et la canopée qui envoie aux racines le message de croître et de s'étendre.

8. *Khaleh*
Des Iraniennes qui étudiaient avec moi m'ont appris il y a longtemps ce terme, qui décrit un lien d'affection familial ou une affinité psychique avec une autre personne. Il est à peu près l'équivalent de cet autre mot magnifique que j'ai mentionné plus

haut, *comadre.* Dans les deux cas, il s'agit d'amies très proches qui ont des liens d'affection et jouent un rôle maternel l'une envers l'autre. Elles s'honorent et se protègent mutuellement, se font confiance, se réconfortent et se guident dans différents domaines de leur vie, la vie du cœur, la vie intérieure secrète, la vie rêvée... Que ce soit lors d'épisodes de fou rire ou de chagrin intense, en critiquant leurs dernières frasques ou en étant témoins de nouveaux départs vers le large, ou encore en montant sur la plus haute branche pour voir ce qui se passe... les *khaleh* et les *comadres* s'efforcent de s'abriter chacune sous l'aile de l'autre. Chez les femmes, ces efforts sont une bénédiction.

9. « *L'église sous l'église* »

C'est une phrase d'un poème que j'ai écrit. Je l'ai prononcée lors d'un discours tenu devant 3 500 personnes dans le Midwest. « L'église sous l'église », c'est l'intense pluie d'étincelles originelle, le clair puits artésien caché des origines, le *rûach* premier, qui n'est pas une simple brise, mais le tourbillon de l'*inspiratus* déchaîné, l'inspiration... l'essence de l'âme et de l'esprit. « L'église sous l'église », « le temple sous le temple », « l'endroit sous l'endroit », c'est ce lieu où l'âme se rend avec joie, sans honte et sans restriction... là, l'âme coule avec aisance et avec toute son énergie, quel que soit son état, pour demander, pour louer et pour remercier des conseils et de l'amour immaculés prodigués.

10. *Amen*

Que cette petite note finale soit une bénédiction. Le mot « Amen » est issu d'une longue lignée de langues anciennes et vénérables, qui vont de l'hébreu au latin en passant par le grec. Dans toutes ces langues, lancé du fond de l'âme sage et sauvage, il signifie : « Vrai ! Vrai ! » Ainsi soit-il ! Ainsi soit-il !

Amen, amen, effectivement.

Biographie officielle

Personnalité de renommée internationale, poétesse primée, psychanalyste jungienne, spécialiste des troubles post-traumatiques ayant exercé au lycée Columbine et dans la communauté pendant quatre ans après le massacre *, Clarissa Pinkola Estés travaille actuellement avec des familles de survivants de l'attentat du 11 septembre 2001 sur la côte Est et la côte Ouest des Etats-Unis.

Elle a été la première lauréate du Prix Joseph Campbell « Keeper of the Lore » et est l'auteur de la préface de l'édition du centenaire de *The Hero With a Thousand Faces*, ouvrage du mythologue Joseph Campbell (Princeton University Press). Son œuvre de militante et d'écrivain de longue date en faveur de la justice sociale lui a valu d'être admise au Colorado Women's Hall of Fame en 2006.

---

* Le 20 avril 1999, deux lycéens de la Columbine high school, dans le Colorado, tirèrent avec des armes à feu sur les étudiants et les professeurs, tuant 13 personnes et en blessant une vingtaine, avant de se suicider. (NdT.)

Elle est membre du conseil du Maya Angelou Research Center of Minority Health de Wake Forest University School of Medicine et enseigne les aspects psychologiques et spirituels de la guérison aux étudiants en deuxième et troisième années de médecine ; elle forme également les soignants à l'autotraitement.

Clarissa Pinkola Estés enseigne aussi dans des universités en tant que « visiting distinguished scholar ». Elle a reçu le *Las Primeras*, « The First of Her Kind Award », décerné par la Mexican-American Women's Foundation de Washington, D.C.

Son ouvrage *Femmes qui courent avec les loups – Histoires et mythes de l'archétype de la femme sauvage* a été un best-seller mondial. Il est publié en 32 langues, tout comme *Le Don de l'histoire – conte de sagesse à propos de ce qui est suffisant* et *Le Jardinier de l'Eden – conte de sagesse à propos de ce qui ne peut mourir.*

Sont à paraître chez Texas A§M University Press : *La Curandera : Healing in Two Worlds,* et chez Alfred A. Knopf : *The Dangerous Old Woman : Myths and Stories of the Wise Woman Archetype*, ainsi que son recueil de poésie, *La Pasionaria, a Manifesto on the Creative Life.*

Biographie secrète

Quand j'étais petite,
Mes souliers ne m'allaient jamais.
Sur mes talons, le rose vif des ampoules.
J'ai oublié,
Ces souliers, étaient-ils trop serrés
Ou bien étaient-ils trop grands ?

Le chapeau à la main, mes pauvres parents
Demandèrent au docteur : « Elle va bien ? »
« Ce sont ses pieds, dit le médecin.
Ils sont très imparfaits. »
Alors ils mirent leurs maigres économies
Dans une paire de chaussures renforcées
Pour ces pieds mal fichus.
Le docteur menaça :
« Qu'elle ne marche plus jamais pieds nus ! »

Dans ces chaussures de plomb, je me cognais
involontairement

l'intérieur des chevilles en marchant ou en courant.
Avec ces chaussures, mes genoux se heurtaient
Os contre os, chevilles en sang.
Or sans ces chaussures et sans souliers du tout,
Les chiens et moi courions comme le vent.

Tous les enfants ont une vie secrète
à l'écart des adultes.
Alors, en été comme sous la neige,
Qu'importe, je me glissais
jusqu'à l'une des vertes salles du trône
de la forêt et là,
je défaisais les mille et un lacets des chaussures de fer,
ouvrais leur dessus montant affreusement dur,
et quittais ces chaussures d'une tonne
capables de tuer un mulet d'un coup de pied.
Et puis je restais assise
En chantonnant des chansonnettes
Tandis que mes pieds écoutaient en s'agitant.

Forcée à rentrer
dans ces chaussures année après année,
c'est à ce moment que j'ai commencé à envisager
de me couper les pieds,

juste pour voir le docteur tomber dans les pommes,
juste pour refléter sa brutale vision
des pieds « parfaits » tels qu'il les concevait.
« Ne marchera jamais droit
Plus tard », dit-il.
« Mauvais, très mauvais », dit-il.
J'avais entendu une riche mère de famille
dire à sa fille tirée à quatre épingles
dans des toilettes publiques
où il fallait payer
pour avoir une cabine propre
au lieu d'une sale :
« Ne permets pas à tes pieds de s'élargir ;
ne quitte jamais tes chaussures,
même pour dormir...
N'aie pas des pieds ordinaires »,
prévenait la mère.
Et moi je m'étonnai : « pourtant,
C'est le pied ordinaire
qui fonctionne bien d'ordinaire, non ? »

« Non ! Elle n'a pas de voûte plantaire », dit le docteur...
« Mauvais, très mauvais », dit-il.
Ces chaussures de fer... étaient faites pour

éviter à ma voûte de toucher le sol
«... comme une Indienne aux pieds plats », dit-il.
« Mais par le sang, chuchotai-je,
Je suis une Indienne aux pieds plats. »
Et plus tard, à l'âge adulte, en voyant
mes ancêtres,
ces femmes à la plante de pied large et dodue,
j'ai su que mes pieds étaient faits
pour marcher en semant dans les champs,
pour avaler les kilomètres dans le noir sur les
sentiers,
pour absorber les nutriments de la terre
par la plante,
et pour arpenter, glisser
et tournoyer dans le cercle de la danse.

Mais à l'époque, dans ladite
« haute culture des forêts »,
les pieds des femmes
étaient souvent destinés à devenir
de petits sacrifices humains,
tenus à l'étroit,
entravés,
mal assurés, quoi.
Incapables de courir
ni vers le haut,

ni vers le bas,
ni au loin là-bas.
En fin de compte...
tout le problème était là.

Mais mes pieds se sont quand même enfuis
avec moi dedans.
Et aujourd'hui, c'en est fini des chaussures renforcées
pour me faire « marcher droit »,
car avec ou sans elles, de toute façon,
je n'ai jamais marché droit...
et aujourd'hui encore, quand je déambule dans la rue,
je vais à droite, à gauche,
soudain impatiente de voir ceci ou cela,
ou d'imposer une certaine allure,
ou de retenir la nuit,
ou de parler à quelqu'un ou à un animal,
d'aller examiner une fleur poussant sous une pierre,
de me pencher vers un enfant pour lui dire
l'importance de la poursuite des lapins
pour les études universitaires
ou juste pour m'arrêter et me balancer devant un amant.

Mes jambes et mes pieds appartiennent à l'Etre dansant
qui possède aussi mes hanches...
et les chaussures correctives n'ont rien corrigé
de ce dont avait surtout besoin mon Ame.
Les enjambées, les allures, les démarches
les plus importantes
n'ont jamais été « réparées ».

Maintenant, je me dis que les chaussures
devraient être l'une de mes formes d'art essentielles.
Je pense qu'il est bon, finalement,
que je porte souvent
les sortes de chaussures
les plus inappropriées
et les plus irrévérencieuses possible.
S'il vous plaît, je peux avoir les noires
avec des roses rouges ou celles
avec des brides qui font des tours autour des chevilles,
ou celles avec des chics nœuds aux talons,
ou mes bottes de motard
ou mes mocassins de daim qui me permettent de sentir
la moindre graine sous ma plante de pied ?

Je crois qu'enfin le moment est venu
– et sans avoir consulté le moindre médecin –
d'aller moi aussi pieds nus
aussi souvent que possible,
afin d'entendre et de voir pleinement...

Être jeune dans la vieillesse
et vieille dans la jeunesse

Quand une personne *vit pleinement,*
les autres en font autant.

Achevé d'imprimer en France
par Dupli-Print à Domont (95)
en décembre 2011

Première édition, dépôt légal : octobre 2007
Nouveau tirage, dépôt légal : décembre 2011

N° d'édition : 17020
N° d'impression : 190078

Imprimé en France